MW01200427

☆「スキキライ」
illustration by Yamako

☆「泣き虫カレシ」
illustration by Yamako

スキキライ

原案／HoneyWorks

著／藤谷燈子

18184

角川ビーンズ文庫

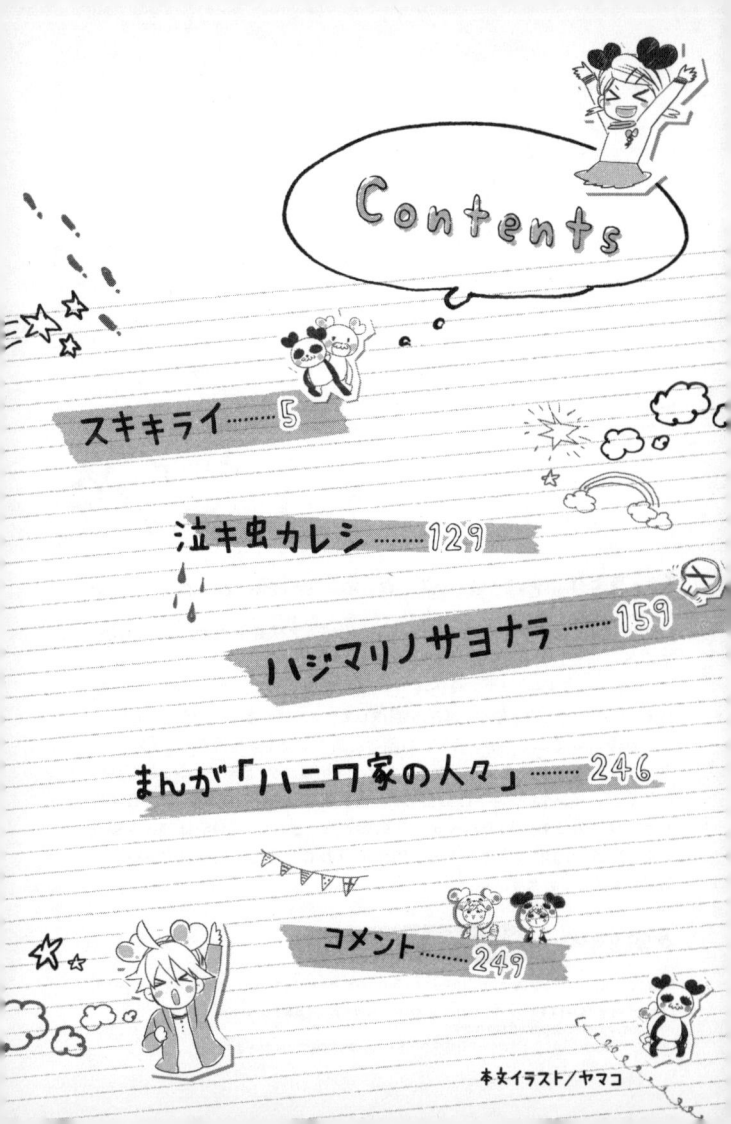

Contents

スキキライ……5

泣き虫カレシ……129

ハジマリノサヨナラ……159

まんが「ハニワ家の人々」……246

コメント……249

本文イラスト／ヤマコ

『初音ミク』とは

『初音ミク』とは、クリプトン・フューチャー・メディア株式会社が、2007年8月に企画・発売した「歌を歌うソフトウェア」であり、ソフトのパッケージに描かれた「キャラクター」です。発売後、たくさんのアマチュアクリエイターが『初音ミク』ソフトウェアを使い、音楽を制作して、インターネットに公開しました。また音楽だけでなく、イラストや動画など様々なジャンルのクリエイターも、クリプトン社の許諾するライセンスのもと『初音ミク』をモチーフとした創作に加わり、インターネットに公開しました。その結果『初音ミク』は、日本はもとより海外でも人気のバーチャル歌手となりました。3D映像技術を駆使した『初音ミク』のコンサートも国内外で行われ、その人気は世界レベルで広がりを見せています。

☆WEBサイト http://piapro.net

『初音ミク』『鏡音リン・レン』『巡音ルカ』『MEIKO』『KAITO』は、同じくクリプトン社から発売されたソフトウェアです。

「スキキライ」は、楽曲「スキキライ」「泣キ虫カレシ」「ハジマリノサヨナラ」を原案としています。
VOCALOIDはヤマハ株式会社の登録商標です。
『初音ミク』『鏡音リン・レン』『巡音ルカ』『MEIKO』『KAITO』の公式の設定とは異なります。

スキ
キライ
すきらい

「新入生に告ぐ！　あそこで目を潤ませてる音崎鈴という名の天使は、オレの彼女になる予定だから、手を出さないよーに。あっ、もちろん惚れるのもナシで」

ありえない。信じられない。

何が、どうして、こうなったんだろう。

全校生徒が集まる体育館の舞台上で、スポットライトに照らされた加賀美蓮が高らかに宣言した。考えられないタイミングのあるまじき内容に、頭がくらくらして今にも倒れそうだ。

ぼう然とするわたしに、ステージ上から諸悪の根源が満面の笑みで手をふってくる。

こうして地味なわたしの高校生活は、とあるチャラ男のせいで、にわかに騒がしくなることが決定してしまったのだった。

『そっち手伝えなくてゴメンね。鈴のクッキー、楽しみにしてる♥』

クッキーが焼き上がるのを待っていると、親友の千歌からメールが届いた。
千歌は同じ家庭科部のメンバーであり、生徒会役員も務めている。
それも、二年生なのに副会長だ。
今日だって、新入生歓迎会で生徒会長と一緒にステージに立つことになっている。

明るくて、やさしくて、自分の意見をはっきり言える千歌。
ぶっちゃけ地味で人見知りなわたしとは、住む世界が違うタイプだと思う。
それでもこんなに仲良くなれたのは、彼女が毎日根気強く声をかけてくれたから。

『全然気にしないで。千歌こそ、司会がんばって！　あと、クッキーは新入生用だからね？』

激励のメールを打ち返すと、一息ついたわたしは窓の外をぼんやり眺めた。
家庭科室から葉桜を見るのは、これで二度目だ。
（今年は開花が遅かったから、入学式は桜吹雪がキレイだったんだろうなぁ）
丘の上にある私立逢坂学園は敷地内にも緑が多くて、校門から校舎まで続く桜並木は、受験生にも人気だった。かくいうわたしも、入学案内のパンフレットで一目ボレしたんだけど。

「鈴、そろそろ焼き上がりそー？」

ドアが開いて、部長がひょこっと顔をのぞかせた。
わたしは慌ててイスから立ち上がり、オーブンへと駆け寄る。
「あっ、はい！　あと五分くらいです」
「よしよし、それなら余裕で放課後に間に合うね」
今日はこのあと体育館で新歓があり、部活紹介が行われることになっていた。
そして放課後になると、新入生たちが興味のある部活へ説明を聞きにやってくる。
このクッキーは、彼らへのワイロ……じゃなくて、お茶うけだ。

「にしても、こんなに作ったら余っちゃいません？」
「今からそんな弱気で、どーすんの！　いい？　私の華麗な部活紹介で新入生の気を引き、見学に来たヤツらの胃袋を、あんたのクッキーで一人残らずゲットするんだからねっ」
「一人残らずって……」
「たしかに一人残らずは無理か、軽音部がいるもんね。新入生たちの中には、彼らのファンだからって追っかけ受験してきた子もいるみたいだし」
「……やっぱ今年もそうなんですね」

逢坂学園軽音楽部ことハニーワークス、通称ハニワは県内でも有名なバンドだ。
ハニワに憧れて入学する生徒は後を絶たず、かくいうわたしも中学時代にハマった一人。
もっとも、当時は加賀美蓮じゃなくて未来さんという歌姫が率いてたんだけど。

「マジで今日の新歓ライブ、めちゃくちゃ楽しみなんだけど！　鈴も待ちきれないでしょー」
「そりゃあ、ウチの目玉ですし……」
「ふふっ。これでまた、王子のファンが増えちゃうね～」
この学園で王子なんてあだ名で呼ばれているのは、たった一人だけだ。

わたしは呼んだことないし、今後も一切ない。

「そういえば鈴、王子と同じクラスになったんだって？　やったじゃん」

「……ちっともよくないです」

どうしようもなく気が重たくて、自然と地を這うような低い声が出た。

何しろ加賀美蓮は、半年も続くわたしの悩みの種なのだ。

たしかにわたしはハニワのファンだし、彼の歌声もスキだ。

だからって、別に近づきたいなんて思ったことはない。断じてない。

遠巻きに見てるだけで充分だったのに、なぜか去年の文化祭以来、追いかけ回されている。

王子様扱いの彼に必要以上に構われることで、平穏な日々はあっけなく崩れ去った。

あのチャラ男……。

ささやかだけどおだやかな、わたしの日常を返せ！

「なるほど。はずかしがり屋の鈴には、王子の猛アピールは荷が重いか」

「……なんの話です？」

「誤魔化したってムダだよ、ウワサは三年まで回ってきてるんだから」
「えっ……」
「蓮くんって去年、休み時間のたび鈴のクラスに顔を見せにきてたんでしょ？　廊下ですれ違うときは、大声で名前呼びながら手をふってたって聞いたし」
「忘れてください、今すぐ記憶から抹消してください」
「そんなにイヤなんだ？　……ずっと聞きたかったんだけどさ、何がきっかけだったの？」
「こっちが聞きたいくらいです！」

からかわれてる理由なんて、そんなの知らない。
単純に、楽しいから？　それとも、いやがらせ目的とか？
なんにせよ、迷惑行為は即刻止めてもらいたい。

「ねえ、鈴……。彼氏だ、デートだって表立ってはしゃげるのは、二年生までだよ？」
「……でもわたし、そういうのは当分いいです」
「ええー？　彼氏ほしくないの？」
「……はあ、まあ……」

部長の言葉を完全には否定できなくて、あいまいに笑ってみせる。
中学のときはそうでもなかったけど、高校生になると周囲に彼氏彼女が増えていた。
何かっていうと恋バナを聞くし、わたしもまったく興味がないわけじゃない。

でも、なんていうか……。
初恋もまだのわたしには、どれもこれもピンとこないんだよね。
友だちに相談されても、まるでドラマとか小説の世界の話みたいだなって思っちゃうし。
鈴は好きな人いるの？　どんなタイプが好き？　って聞かれても、全然答えられないし。

「そういう部長こそ、どうなんですか？　前に、あこがれの人がいるって言ってましたよね」
「私はいいの。だってとっくに卒業しちゃってるもん。海斗先輩っていって、私が一年生のときに軽音部の部長だったんだよね」

二年前ってことは――。
部長の言葉に、ドクンと鼓動が跳ねる。

「未来さん！　歌姫の未来さんもいましたよね⁉」
「へ？　ああ、うん、私の一個上だからね」
「そっか、そうですよね！　いいな、うらやましい！」
「鈴もそんな大きな声、出るんだね……。何、未来先輩のファンだっけ？」
「はいっ。未来さんが逢坂の軽音部にいたって聞いて、それで受験したくらいです」

未来さんは、逢坂学園が誇る伝説のディーバだ。
高校在学中にスカウトされ、卒業を待たずに上京し、そのままプロの仲間入りを果たした。
メジャーデビュー曲からずっとランキング一位の常連で、今年はアリーナクラスのライブツアーが決定している。しかも海外のフェスにも呼ばれていて、本格的に進出するんじゃないかってウワサもあるくらいだ。

「未来先輩の十分の一でもいいから、王子にも興味持ってあげればいいのに」
「お断りします」
「あーあ、こりゃ前途多難だわ。これから新歓なんだから、笑顔キープしてよ？」
「ど、努力します」

「そうしてください。んじゃ、全力で新入部員を確保しにいくわよっ」

新入生歓迎会は、例年になく盛り上がった。
部長の説明に一年生たちの反応も上々で、この分なら放課後は忙しくなりそうだ。

「さて、本日最後の部になります。お待ちかねの『あの人たち』をお呼びしましょう。逢坂学園が誇る、軽音部の登場です！」

司会の千歌の紹介を聞き、全校生徒が歓声と共に一斉に立ち上がる。
それを合図に、ゆっくりとステージの幕が上がっていく。

「――ようこそ、逢坂学園へ」

スポットライトに照らされ、王子ことボーカルの加賀美蓮が微笑む。
ギターを抱えてスタンドマイクの前に立ってるだけなのに、存在感がハンパない。

ただそこにいるだけで、圧倒的なオーラを放っているのがわかる。

「新入生も、遠慮なく盛り上がっちゃって」

大歓声に包まれながら、ハニワのライブがはじまった。

一曲目は、定番ともいえる『竹取オーバーナイトセンセーション』。

メンバーが煽るまでもなく、イントロで客席から手拍子が巻き起こった。

続いては『告白予行練習』という新曲だった。

はじめて聴くのに、さわやかなメロディーとカワイイ歌詞が耳から離れない。

(この音の感じ……。きっとこれも、加賀美蓮が作ったんだろうな)

最後の一音が鳴り、三曲目に入る前にMCがはじまった。

曲のことやバンドメンバー、そして軽音部の活動について紹介されていく。

新入生たちは圧倒されたのか、ほかの部のときのように咳払いひとつ聞こえてこない。

代わりに、いつもの『王子親衛隊』の子たちがにぎやかだった。
「こっち！　こっち向いて、王子！」
「王子、カッコイイ！　手ふって！」
加賀美蓮を王子と呼ぶ彼女たちの様子は、アイドルの追っかけを見てるみたいだ。
（定期ライブなんかでは、ペンライトもふるらしいけど……）
今日は会も会だし、これでも遠慮したほうなのかもしれない。
当の本人も一度ぺこりと頭を下げたくらいで、ファンの子たちには反応しないでいる。
「――というわけで、次がラストになります」
いつの間にか部活紹介が終わっていた。加賀美蓮の言葉に、メンバーが楽器を構える。
そして次の瞬間、彼はアカペラでうたいだした。
『これで終わりね泣かないの』
曲名は言わなかったけど、すぐにわかった。
（『泣キ虫カレシ』だ……！）

未来さんのデビューシングルの、シークレット・トラックに収録されていた曲。
もとからスキだったけど、去年の文化祭で加賀美蓮がうたうのを聴いて以来、耳から離れなくなった。

友だちなのか、恋人なのか。
それとも、あいまいな関係なのか。
切ない歌詞には、二人の別れが描かれている。

(一度でいいから、未来さんがうたってるとこも見てみたかったな)
そう思う反面、この曲は加賀美蓮にぴったりな気もするから不思議だ。
まるで、彼のためにつくられたかのように。

(ああ、また……どうしよう、もう……)
頬に熱いものが伝って、わたしは自分が泣いていることに気づく。
やだな。去年の文化祭でも、彼の歌声で泣いちゃったのに。
指先でぬぐってもぬぐっても涙は止まらず、さらに胸がぎゅっとしめつけられる。

（隣の子も、泣いてる……）

暗い体育館の中じゃよく見えないけど、目を潤ませてる子はほかにもいると思う。

彼の歌声は、誰かの記憶にそっとふれるような不思議な力があるんだ。

（……実際の加賀美蓮は、ただのチャラ男なのに）

今日は新歓だからMCも抑え気味だっただけで、いつもはもっとはっちゃけてるし。

ギャル男とまでいかなくても、充分ノリが軽かった。

女の子たちが面と向かって王子なんて呼ぶのも、本人が笑って受け入れてるからだ。

そんなことを考えていると、ステージ上の彼と目があった気がした。

びっくりして、息がつまる。

金縛りにあったみたいに動けずにいると、ふっと向こうが目を閉じた。

――――そのあとのことは、よく覚えてない。

キーボードが最後の一音を鳴らし、少し遅れて拍手と歓声があがった。

きっとみんな、曲の余韻にひたっていたんだと思う。
わたしも、周りの音に気づいてようやく我に返って手を叩く。

興奮さめやらぬ中、加賀美蓮はマイクをスタンドからもぎとった。
もしかしてアンコール？　まだうたってくれるの？
みんなが期待にわく中、わたしもドキドキしながらステージを見上げる。

「ごめーん、肝心なこと言い忘れてた」
体育館中の視線を一身に浴びながら、加賀美蓮がにっこり笑う。

――――次の瞬間。
とんでもない言葉を続けた。

「新入生に告ぐ！　あそこで目を潤ませてる音崎鈴という名の天使は、オレの彼女になる予定だから、手を出さないよーに。あっ、もちろん惚れるのもナシで」

ご丁寧に、彼はわざわざステージ上からわたしのことを指さした。

いろんな種類の視線が、一斉にこっちに移動してくる。

（この男、ホントにサイテー！）

体中の血液が逆流するようなめまいを感じながら、同時に強烈な既視感に襲われていた。

そう、これは――去年の文化祭とまったく同じだ。

今でこそ加賀美蓮は王子なんて呼ばれてるけど、入学当初は仔犬って感じだった。
背もわたしと変わらないくらいだったのに、GWを過ぎた頃から、本人いわく「ようやく成長期がはじまった感じ？」らしい。

そうして迎えた文化祭のライブで、女子たちの間にファンクラブが誕生した。
同時に、加賀美蓮が……その……何かっていうとわたしを構うようになったのだった。

（あのときも、ステージ上の加賀美蓮と目があったかも？　なんて思ったんだよね）
実際のところはわからないけれど、そのあと後夜祭で本人から声をかけられた。
地味なわたしに、なんで学園の王子様が？
不思議に思いながらも、二人で話がしたいという彼にわたしはうなずいてしまっていた。
彼がうたった『泣キ虫カレシ』に感動したばかりだったから。

今にして思えば、これがすべてのはじまりだった。

「あの、話って何かな……」
「スキだ」
「え？」
「もう返事は決まってるはずさ」
「……ハイ？」

聞き間違いだ、でなければドッキリ企画か何かだ。
それまでまともに話したこともなかったのにいきなり告白とか、斜め上すぎる。
身構えるわたしに、加賀美蓮は真面目な表情で「彼氏彼女になろう！」と迫ってきた。

「だって、待って、なんで？　つきあうとか……」
「スキだ」
「……あ、あのねぇ……だから！　ちょっとは話聞いて、バカ――!!」

手を握られて軽くパニックになったわたしは、最後には半泣きで訴えた。
そうして千歌が偶然近くを通りかかるまで、ありえない押し問答が続いたのだった。

以来、半ばストーカーのように追いかけ回されている。
高二になってからはクラスが一緒になってしまい、ますます逃げ場がなくなってしまった。

何より頭が痛いのは、周囲の視線が容赦なく注がれるようになってしまったこと。
男子はそうでもないけど、やっぱり女子は何かとシビアだ。
なんで蓮くんが、あんな地味な子に？
王子ってば、どこがいいわけ？
そんな風に、背後でひそひそと話しているのを何度も聞いたことがある。

だから、わたしのほうが知りたいんだってば！

心当たりなんて、これっぽっちもないんだってば！
彼女たちにそう言えれば、どんなに楽だろう。
「あーあ、ほんとショック……。蓮先輩にあこがれて入学したのになぁ」
「でもまだわかんないじゃん。その『リン先輩』って人から、奪っちゃえばいいんだって」
新入生まで騒ぎはじめてしまい、体育館は一気にうるさくなってしまった。
ステージ上で千歌たちが収拾をつけようと頑張っている姿が、やけに遠く見える。
わたしの理想の高校生活が、おだやかな生活が……。
すごいスピードで、どんどん遠ざかっていく。
このとき、気が遠くなりそうなわたしは予想もしなかった。
加賀美蓮と一緒に、もっとにぎやかで騒がしい生活を送ることになるなんて――。

GW明けの教室は、プールのあとみたいな気だるい空気で満ちていた。
どんよりとした気分とは裏腹に、窓の外は今日も五月晴れだ。

（ほんと、クジ運ない……）
高二になってはじめての席替えは、加賀美蓮の隣という最悪の結果だった。
唯一にして最大の救いは、前の席が千歌だってことだ。

「……千歌、今日って部活に顔出せそう？」
五限が終わり、わたしはそっと千歌の肩を叩いた。
「ごめん、ちょっと厳しいかも。球技大会の準備がねー……」
「謝ることないよ！　もう来月だもんね。あっ、何か手伝えることあったら言って？」
「鈴ってば～！　ホント、なんていい子なの……っ」

「わあ!?　ちょ、ちょっと千歌……」
イスの上に膝をついた千歌が、腕を伸ばして抱きしめてくる。
「会えない時間が愛を育てるとも言うし、私たちも大丈夫だよね？」
「マジないわー。千歌ちゃーん、それオレへの当てつけ？」
「あれ、蓮くんじゃーん。いたの？」
「いた、いた！　会話にも参加してた！　ねっ、鈴ちゃん」
わたしは慌てて顔をそらし、千歌のブレザーの袖をヒシッとつかんだ。
「蓮くん、これが答えよ」
千歌がアゴをしゃくり、加賀美くんが後ろをふりかえった。
わたしも怖いもの見たさで、ついつい窓際のグループへと視線を送ってしまう。

（……あれって、やっぱにらんでるよね……）
クラスでも一際目立つ彼女たちは、加賀美蓮のファンだ。
ファンクラブでは抜け駆け厳禁を掲げているらしく、わたしはたびたび『厳重注意』を受けるハメになっていた。中には彼氏持ちの人もいたけど、追っかけは別腹なんだとか。

「ねえ、もう少し気を配れない？」
千歌が声をひそめ、ジロリと元凶を見やる。
「それは無理な相談だなぁ。オレが鈴をスキなのは事実だし？　隠れてコソコソするほうが、よっぽどおかしいと思わない？」
「ハァ？　単に自分の気持ち押しつけてるだけじゃない。本当に鈴のことを思うなら、時と場所を選びなさいって言ってるの」
言い回しこそ違うけど、わたしも千歌と似たようなことを訴え続けてきた。
でも、答えはいつも一緒。

「鈴が逃げずにオレのこと見てくれるなら、それでもいいよ」
笑顔でおなじみの台詞を放ち、加賀美蓮はわたしの顔をのぞきこんでくる。
これじゃあ、いくら声のボリュームを落としても意味がない。
案の定、王子親衛隊の原岡さんたちから、おもしろくなさそうな声が聞こえてきた。
（思い切って無視しても、結局こうなっちゃうんだよね……）
一向に退かない加賀美蓮、彼に抗議する千歌、そして頭を抱えるわたし。

終わりの見えない三角形は、担任の先生がＳＨＲをしにやって来るまで続いたのだった。

また話しかけられる前にと、わたしは逃げるように廊下に出た。
部室へと急ぎ足で向かう途中、スピーカーから校内放送を告げるチャイムが響いた。

『――二年一組、音崎鈴。至急、音楽準備室まで来るように』

機械越しでも、有無を言わせぬ迫力は変わらないらしい。
声の主は、今年の春に赴任してきた、超スパルタで有名な音楽担当の芽衣子先生だった。
（なんで呼び出されたんだろう……？）
心当たりはないけど、とりあえず指定された場所へと急いだ。

恐る恐る音楽準備室のドアをノックすると、中から機嫌のよさそうな声が返ってきた。

「はーい、どうぞ」
「失礼します。あの、二年一組の音崎鈴ですけど……――えっ？　ええ!?」
ご用はなんですかと聞こうとして、飛びこんできた光景に目を白黒させてしまう。
そこには芽衣子先生と、なぜかジャージ姿の加賀美くんの姿があった。

「待ってたわよ、期待の新入部員！」

イスから立ち上がり、満面の笑みの芽衣子先生に歓迎された。
ヒールを履いているから、加賀美くんと同じくらいの目線の高さだ。
（ん？　この流れって……まさか、新入部員＝わたし!?）
どういうことなんだろう。まったく事情が見えない。
チラッと加賀美くんに視線をやると、先生と同じようにうれしそうに笑っていた。

「入部届のほうも顧問のサインはもう済んでて、あとは音崎が署名するばっかだから」
「あ、あの！　入部って、どこにですか？」
「軽音部に決まってるじゃない」

「えっと、わたし、家庭科部に入ってるんですけど……」
「ウチの学校、かけもち禁止じゃないでしょ？」
「そうですね。って、そういう話じゃなくて！」

このままじゃ強制的に入部させられそうで、わたしはとっさに大きな声を出していた。
途端に、芽衣子先生がギラッと瞳を光らせる。
（どうしよう、怒らせちゃったかな……？）
「ねえ、音崎はさ……」
「は、はいっ」
「長いことピアノ習ってたんでしょ？　なら、作曲も編曲もかじったことあるわよね」

思いがけない言葉に、反応が遅れてしまった。
それでもなんとかうなずくと、いきなり両肩をぐわっとつかまれた。
「加賀美と協力して、新曲をつくって！　あたしが見る限り、あんたが一番適任なの」
「む、無理です！　ピアノ習ってるっていっても、本当に趣味程度ですし……」

「あたしが顧問になったからには、今年の文化祭でMVPをとるわよっ」
「そのために、鈴の力を貸してほしいんだ」
「……加賀美くんたちのバンドなら、今のままでもMVPをとれると思います。むしろ、わたしなんかがいたら足をひっぱるだろうし……」

「オレは、鈴がいいんだ」
きっぱりとした、揺るぎない声だった。
「鈴じゃなきゃイヤだ。鈴じゃなきゃ、ダメなんだ」

こんなの反則だと思った。
目の前にいるのはいつものチャラ男じゃなく、どこまでも真剣な表情の彼だった。
強い光を放つ澄んだ瞳に見つめられ、わたしは視線をそらすこともできないでいる。

「ウチの部で最もMVPに近いボーカリストがそう言ってるんだけど、どう？」
芽衣子先生に声をかけられ、わたしは金縛りが解けたように首をめぐらせた。
干上がったのどからは、全然声が出てこない。

「……わ、わたしは……その……」
まごついていると、芽衣子先生はヒールをカツンと鳴らして加賀美蓮へと向き直った。
「それじゃあ、加賀美！　話は以上だから、外周行っといで」
「了解でーす。鈴、またあとでね」
ウインクをひとつ残して、加賀美くんが準備室を出ていく。
その背中を追いかけようとして、今度はわたしの名前が呼ばれる。
「音崎！　あんたも入部届を書いたら、ジャージに着替えて走ってきな」
「へっ？　あの、でも、まだ入部するとは……」
「聞こえないな。なんだって？」
「……謹んで、署名させていただきマス」

ほぼ強制的に軽音部に入部することになってから、一週間が過ぎた。

今日もなんとか外周と筋トレを終え、視聴覚室のカーペットに座りこむ。
防音設備のあるこの部屋が、ハニワの練習室だ。

「わっ!? 冷た……っ」
頬にヒヤッとしたものがあたり、わたしは身体をすくませる。
ふりかえると、ムダにさわやかな笑顔の加賀美くんがしゃがんでいた。
いつのまに自販機まで買いに行ったのか、手にはペットボトルがにぎられている。

「鈴は水のほうがいいんだよね。はい、どーぞ」
「……ありがと」
初日こそ「いらない」「遠慮しないで」の応酬だったけど、加賀美くんがちっとも退かないのがわかって、最近では素直にもらうことにしていた。
(これくらいなら、いいよね……?)
別に気を許したワケじゃない。今から頭脳労働が控えているから、省エネモードだ。

「あ、いい匂いがする。今日はなんだろ」

クールダウンのためか窓を開けた加賀美くんが、いきなり上半身を乗り出した。
気になって、わたしも隣の窓を開けて顔を出してみる。

「……たぶんチーズケーキじゃないかな。フロマージュ・ブランを使ったやつ」
「フロマージュ？　って、なんだっけ？」
「フランス語で『白いチーズ』っていう意味でね、ケーキとかお菓子に使われることが多いかな。フルーツとかジャムと一緒に、ヨーグルトみたく食べることもあるね」
「そうなんだ。オレ、食べたことないかも」
「文化祭でウチに来たら食べれるよ。なんなら、今から予約しておく？」
「ぜひお願いします」

加賀美くんが間髪いれずにうなずくから、わたしは慌ててケータイを取り出す。
忘れないようにメモして、あとでちゃんと部長にも話をしておこう。
これは冗談ですませちゃ、さすがにかわいそうな気がする。
（部の売り上げにもつながるんだし、別にいいよね）

「……り、鈴ちゃーん？」
「何？　ちょっと待って、もう打ち終わるから」
「ムリ、待てない！」
「へ？　ちょっ、わあああああ!?」

カッと目を見開いた加賀美くんが、わたしのケータイに飛びついた。
もっと正確に言えば、ピンクのストラップに。

「これ、スキキライ　キュンキュンストラップ!?　厳選なる抽選で選ばれた者しか手に入れられなかった、幻の……！」
「……そ、そうだよ。ずいぶん詳しいんだね」

若干引き気味になりながら、わたしはコクンとうなずいた。
このパンダとクマが可愛いお守り型のストラップは、ブルーとピンクでワンセット。
その名も、リア充ストラップとキュンキュンストラップだ。

Honey Works
Honey Works

「キュンキュンを持ってるってことは、リア充のほうも持ってるんだよね？　もう誰かに渡しちゃった？　まだならオレに！　間違って渡しちゃったなら、回収に行こう……っ」
「その手には乗らないから！　このストラップと一緒に告白すると、永遠にキュンキュンできてリア充になれるって伝説、わたしも知ってるから！」

お互いに一息で言い切って、ゼーハーと肩で息をする。
加賀美くんからケータイを避難させて、剣豪同士みたいに間合いをとっていく。

しばらくしてあきらめたのか、加賀美くんがふっと構えを解いた。
「……気になってるよね、家庭科部のこと」
「申し訳なさそうな顔しなくていいよ、白々しい。そんなことより、クールダウンはもう充分だよね。というわけで、一刻も早く曲を完成させましょう」
「えっ、何、ずいぶんはりきってるねー。そんなにオレといるの、イヤ？」
「一切オブラートに包まず、赤裸々に答えるけどいいかな」
「鈴ってば、つーめーたーいー」

加賀美くんは不満げに頬をふくらませるけど、こっちはそれどころじゃない。
親衛隊のみなさんからの視線が、日に日に鋭さを増している。曲ができたらお払い箱という事実だけが、わたしの身を守っているようなものだった。

（ほかのメンバーも同席してくれたら、また違うんだろうけど……）
ライブ前に集中して活動するスタンスらしく、普段は週一回集まる程度だという。
さらに加賀美くんが曲づくりに入ると、ほかの人たちは自主練習のターンになるらしい。

「……加賀美くんは曲をつくってる間、誰かに相談したくなったりしないの？」
「だから鈴に頼んだんじゃん」
「じゃなくて、バンドのメンバーに」
「あいつらには、できあがってからアレンジの相談する感じかな」
「今回もそれじゃダメなの？」
「言ったじゃん、ＭＶＰがとりたいって。そしたら、今までと同じじゃ意味がない」

（だったら、曲づくりからメンバーと一緒にやればいいのに）

とくにベースの弦巻奏音くんとは、親友って感じに見えた。
わたしなんかよりずっと気が合うだろうし、何より即戦力になるはずだ。

「……ねえ、どうしてわたし？」

「新曲のテーマが降ってきたとき、鈴じゃなきゃダメだなって思ったから」

いつのまにか、すぐそばまで加賀美くんが近づいてきていた。
彼の澄んだ瞳に映る自分の姿まで見える。
目がそらせずに、わたしは息を押し殺して次の言葉を待った。
そして、ゆっくりと加賀美くんが口を開き――。

「発表します！　今度のテーマは、ずばり『恋』です」

「無理」

「えっ、即答？　もう少し真剣に考えてみてよ」

「無理なものは無理。だってわたし、初恋もまだ……だし……」

言いながら、サーッと血の気が引いていくのがわかった。
最悪だ、口がすべった。初恋もまだなんて、絶対からかわれる！

「……今の、本当？」
うつむくわたしに、加賀美くんの落ち着いた声が降ってくる。
（これは……からかわれるんじゃなくて、ひかれた……？）
ヤバイ。だったら逆に、笑いに変えてしまったほうがいいのかもしれない。

「そうだけど？」
「……そっか、そうなんだ……」
（いやいや、そこはノッてよ！）
思わずツッコミを入れたけど、バカにしたような空気は感じられなくて。
さすがの彼も、その手のデリカシーはあったみたいだ。

「じゃあさ、初恋相手はオレにしない？」

前言撤回。チャラ男だ、彼は歪みなくチャラ男だ。

わたしは深呼吸し、一気にまくしたてる。

「それこそ無理、絶対無理、何がなんでも無理！」

「フッフッフ……。難攻不落であるほど、燃えるよねぇ」

（真面目に聞いたわたしがバカだった……！）

これまでずっと逃げ回ってきたから、加賀美くんのことはよく知らない。

まともに話すようになったのも、最近のことだ。

だから、本当にわからない。ノリなのか、悪ふざけなのか……。

彼はどうして、わたしにこだわるんだろう？

（……気にしない、気にしない。文化祭までの辛抱だよ）

そう自分に言い聞かせて、わたしはキーボードを弾きはじめた。

新曲づくりを手伝うようになって、加賀美くんに関するいくつかの発見があった。
たとえば、本当に歌をうたうのがスキだってこと。
負けず嫌いだし、誰が見てなくても練習をサボったりしないし、手も抜かない。

そして、これが一番の衝撃だったんだけど……。
なんと！　加賀美くんは、鼻歌で作曲していたのでした。

「鼻歌で、どうやったらあんな素敵な曲ができるわけ!?」
「レコーダーに録音して、それを奏音たちに耳コピしてもらってた」
すっかりおなじみになってきた放課後の視聴覚室で、加賀美くんがこともなげに言う。
あっけにとられるわたしに、彼はさらに続ける。

「鈴って、絶対音感持ってるでしょ？　オレの鼻歌を譜面に起こせるし、その場でキーボード弾いてもらったのを録音すれば、あいつらも練習しやすくなるかなーって」
「……本気でＭＶＰを目指してるんだ」
「とーぜん！　保護者の票を獲得するには、勢いだけじゃ厳しいってのはよくわかったし」
「そっか、保護者の票は二倍で加算されるんだもんね」
「だから展示のクラスが有利なんだよな。あとは吹奏楽部とか、演劇部が常連」
「でも加賀美くんたちだって、去年表彰されてたよね？」
「特別賞をいただきましたよー。在校生の票数がトップだったってことで」

なるほど。だから余計に悔しくて、こんなに必死になってるんだ。
だけど加賀美くんにとっては、それだけじゃなかったらしい。

「それに未来が……。軽音部が唯一ＭＶＰをとったのって、あの代だけなんだよね」
「あれ？　加賀美くんって、未来さんのこと呼び捨てなんだ」

何気なくつぶやいた言葉だった。

だけど声になった途端、ドクンと鼓動が跳ねた。
一方の加賀美くんはといえば、めずらしく黙りこんでしまっている。

「えっと、その、別に呼び捨てが悪いって言いたいんじゃないんだ。ただ、そういえば加賀美くんは未来さんと会ったことがあるのかな、とか気になって」
「……オレは会ったことあるよ」
「へ、へぇ……。それってやっぱり、文化祭か何かで？　わたしたちが入学したときにはもう、未来さんは東京でデビューしてたもんね」
「というか、未来とは知り合いなんだ。近所に住んでたから」

わたしの中で、ぴたりとパズルのピースがはまった。
二人は知り合いで、加賀美くんは『泣キ虫カレシ』を託されたんだ。
そして後を継ぐように、文化祭で自分もＭＶＰをとりたいと思ってる。

（だったら、なんで……）

なんで、わたしなんかを入部させたんだろう？
ＭＶＰをとるための曲作りを、どうしてわたしが手伝ってるんだろう？
本当にわたしでいいのかな？

「……大丈夫かな、わたしで。別の人のほうがよくない？」
「は？　ちょっと待って。別の人って、曲づくりのこと言ってる？」
「わたしね、未来さんのファンなんだ。だから『泣キ虫カレシ』以外にも、たくさん素敵な曲をつくってるって知ってるし、ＭＶＰをとったっていうのも当然だと思う」
「だから、それに負けないように……」
「加賀美くんの曲も、歌声も、負けないくらい素敵だと思ってる。でも、今より上を目指してるんだよね。なら、もっと積極的に曲づくりに意見できる人を探すべきだよ」

（やっぱりムリだよ……わたしには……）
今すぐこの場を離れたい気持ちをぐっとこらえ、黙って加賀美くんの言葉を待った。
壁時計の秒針だけが、やけに耳につく。

どれくらい経ったのか、やがて加賀美くんがポツリ、ポツリと話しはじめた。

「オレの曲には足りないものがある……。それを、鈴が持ってるって気づいたんだ」

「それに、鈴の歌声好きなんだ。オレの鼻歌に合わせてうたってくれるたび、一緒にステージに立ちたいって思うようになってた」

真剣なまなざしは、これまでのチャラい「告白」よりもずっと響いた。

うなずけるなら、そうしたい。

だけどわたしなんかじゃ、加賀美くんには応えられないのはわかってる。

「オレの気持ちはもう言ったから、次は鈴の聞かせて？」

「……わたし、は……――」

「蓮、いるか？」

突然ドアが開き、ベースの弦巻くんが顔をのぞかせた。
彼は瞬時に室内の空気を察知したのか、片眉を上げ「ん？」と首を傾ける。

「悪い、邪魔したか」
「ホントだよー。まさか奏音も、鈴を狙ってるんじゃ……」
「おまえと一緒にするな、バカ。忘れ物だよ」
「ええー？　クールビューティーが売りの奏音くんがぁ？」
「なんだ、それは。……まあ、忘れ物ってのはついでだけどな」
「ほら、みたことか！　たしかに鈴は世界一、いや宇宙一可愛いけどっ」
「ついで違いだ。なんか知らんが、そこの廊下で芽衣子先生が呼んでたぞ」
「んなこと言って、だまされ……はぁああ!?　おまっ、それ早く言えっての！」

芽衣子先生の名前を聞いて、加賀美くんは文字通り顔色を変えた。
慌てて視聴覚室を出ていく背中を、弦巻くんがため息と共に見送る。

「ったく、あいつは……。騒がしくて悪いな」

「さすがにもう慣れたかな」
「へぇ……。安心した、音崎も結構言うんだな。じゃあ、思い切って聞くけど……あいつの調子、どう？　作曲中はすげぇー神経質だからさ、ちょっと心配になったんだ」
「……そうなんだ」

なんだか意外だった。わたしの知っている加賀美くんとは、別人みたいだ。
（もっと聞いてみようかな……）
迷っているうちに、廊下を全力疾走する靴音が聞こえてきた。
あっと思ったときには勢いよくドアが開き、肩で息をする加賀美くんが叫んだ。

「はい、そこまで！　鈴はオレのなの！　むっつり眼鏡と二人っきりにさせてたまるかっ」
「今の発言で正しいのは、俺が眼鏡をかけてることだけだな」
「加賀美くんって、妄想癖きわめちゃってたんだね」
「ひどい、あんまりだ！　鈴までそんなぁあーっ」

弦巻くんが帰ってから、わたしたちは曲づくりを再開した。

いろんなことがうやむやになったままだったけど、一度旋律を奏でるとそれどころじゃなくなった。頭が空っぽになって、ただ曲のことだけしか考えられなくなる。

最終的に、芽衣子先生が見回りに来るまで続いたのだった。

（どうしよう、今日もいる……）

駐輪場から自転車をとってきたのに、加賀美くんは乗らずにわたしを待っている。

実は入部したその日から、どんなに断っても駅まで送ってくれていた。

自分とは反対方向の駅なのに、だ。

「鈴、お腹空いてない？　どっか寄ってく？」

「……わたし、ほかに寄るところがあるから。また明日ね」

「ちょっと待った！　ねえ、なんかあった？　つか、オレなんかした？」

わたしはなんでもない顔をして、黙って首をふる。

「なら、駅までは送らせてよ。用事が終わるまで待ってるからさ」

言うだけじゃダメだと思ったのか、加賀美くんは実力行使に出た。
手首をつかまれ、そのまま立ち止まるようにとひっぱられる。
「こんな時間に女の子一人で帰せないって」
視線を落としたまま、わたしはなおも首をふる。
「もしかして遠慮してる？　鈴は気にしなくていいんだよ、オレがしたくてしてるんだもん」
うんともすんとも答えないでいると、加賀美くんがさらに言う。

「……なら、こうしよっか。お返しに、オレのこと名前で呼んで？」
「はい!?」
「よかった、やっと口きいてくれた……」

それは聞いたこともないような、ひどくほっとした声だった。
びっくりして顔をあげるけど、逆光になって表情はよく見えない。

「ねえ、呼んでくれないの？」
もう無言は許さないとでも言うように、加賀美くんの手にわずかに力がこもる。

（……大きな手だなぁ……）

そんな場合じゃないってわかってる。

けど、頭に浮かんできた素直な感想だった。

ふれられた部分から熱が広がっていく気がして、うわずった声が出る。

「よ、呼ぶから放して！」

「じゃあ、どうぞ」

（えっ？　先に放してくれるんじゃないんだ……）

先に解放しちゃったら、わたしが逃げるとでも思ってるのかもしれない。

「ねえ、鈴。まだ？」

「……れ、れん……蓮くん……」

言った。言ってしまった。

心臓が飛び出しそうなくらいバクバクいってて、痛いし、息苦しいし、最悪だ。

（これから、どんな顔でしゃべればいいんだろう……）

様子をうかがうと、蓮くんはもう片方の手で顔をおおっていた。

「蓮くん？　どうしたの？」

「……や、うん……想像以上の破壊力だったっていうか……」

「破壊力？」

「うわ、ごめん！　手、にぎりっぱなしだった……」

微妙に会話になってないけど、蓮くんは約束通り手を放してくれた。

そして風邪をひいたみたいによろよろしながら、自転車を引いて坂道をおりはじめる。

（あーあ、結局駅まで一緒に帰ることになっちゃった）

かといって、様子がおかしい蓮くんを一人にしておくのも気がひけた。

歩き慣れた通学路なのに、なんでもない段差に何度もつまずきそうになっている。

おまけに全然しゃべらない。
ときどき、思い出したようにポツリと話すくらいだ。

「……そういえば、寄りたいところって？」
（ヤバ、覚えてたんだ。今さら口実とは言いにくいし……）
わたしは不自然じゃない程度に視線を泳がせ、とあるお店を指さした。

「あそこの……そう、新しくできた雑貨屋さん！」
「へぇ、いつの間に……って、看板片づけはじめてるじゃん！　急ごう」
「ちょ、ちょっと蓮くん！　手ひっぱらないで……っ」

幸いにも、お店までは五分とかからなかった。
命拾いした気分だ、本当に。

「鈴？　中に入らなくていいの？」

「閉店準備で忙しそうだし、今日は止めとく……」

答えてる間にも、わたしの視線は窓際に飾られたペンダントから離せないでいた。水晶かな。全体は白っぽいのに、角度によって虹色に光って見える。

「レインボークォーツだね」

「すごい！　蓮くん、知ってるの？」

「たった今だけどね。ほら、カードに解説書いてある」

「なんだ、感心して損しちゃった……っていうか！　なんでアレ見てるって……」

「だって鈴、じーっと見てるんだもん。ほしいの？」

「ほしくない！」

顔から火が出そうで、わたしはお店の前を足早に通りすぎた。

とくに慌てた風でもなく追いかけてくる蓮くんが、間延びした声で話しかけてくる。

「素直になりなよー。あんなに見てたじゃない」

「……値札見た？　水晶って、天然ものはあんなに小さくても万するよ」
「げっ！　つか、詳しいね。ああいうのスキなのは事実なんだ？」
「言われなくても、似合わないのはわかってるってば」
「何それ？　……鈴って、自分にはちょっと意地悪だよね」
「そんなことない」
「その言葉、そっくりそのままお返ししますー。鈴には絶対似合うよ、オレが保証する」

なんで蓮くんが自信満々なんだろう。
なんでわたし、うれしいって思ってるんだろう。
せわしない心臓をワイシャツの上から押さえ、不自然に声が震えないように祈りながら言う。

「……蓮くんに保証されてもなぁ」
「ひっでー！　こう見えてもオレ、それなりに審美眼あるからね？」
「ああ、それなりにね……」
「鈴ちゃん、拾うトコはそこじゃないよっ」

部長や千歌にするみたいにまぜっかえすと、蓮くんも乗ってきてくれた。
（……なんだ、こういう風にすればよかったんだ……）
ちょうどいい距離感みたいなものに気づいてからは、会話も楽しくなってきた。
それこそ、駅までの道のりが短く思えるくらいに。

♥ ✨ ♥ ✨ ♥

長袖が半袖に替わり、夜が短くなって昼が長くなっていく。
週一で顔を出している軽音部にも居場所ができた頃、学校は夏休みに突入していた。

「えっ！　蓮くん、バイトはじめたの⁉」

部活帰りに寄ったドーナツショップで、思わず大きな声が出た。
向かいの席に座る蓮くんが、「シーッ」と指を口に当てる。
「ゴメン、でもびっくりして……。部活と両立するの、大変じゃない？」
「へーき、へーき。夏休み限定だから。それよりさ、明日デートしない？」

「ズゴッ！」
驚いて、ストローがヘンな音を立てる。いや、わたしがやったんだけど。
当の蓮くんは、憎らしいくらい涼しい顔だ。
「お行儀が悪いなぁ。しかも、驚きすぎでしょ」
「デートって、その……急に言われても……」
「困っちゃうよね、女の子はいろいろ準備もあるだろうし。でも、大丈夫！　明日は芽衣子先生たちに頼まれた、おつかいに行くだけだから」
「……ハイ？」
「つまり、オレ的にはデートなんだけど、世間的には『買い出し』とも言うかなーって」
これ、ケンカ売られてる？　うん、確実に売られたよね。
わたしがアワアワするのを見て、ニヤニヤするのが目的だったに違いない。
「一人で行けば？」
「ごめん、ごめん。買い出しっていうのが気に食わなかった？」

「その細腕じゃ持ちきれないっていうなら、手伝ってあげてもいいけど？」
「オレと二人っきりじゃ、鈴が意識しちゃって断られると思ったからさー」
「はぁ!?　そんなわけないし！　明日の何時に、どこに集合？」
「さっすが鈴、話がわかるなぁ～。それじゃあ朝十時に、駅前でよろしく」

（できることなら、このまま回れ右して帰りたい……）
翌日、駅前の人混みの中で私服の蓮くんを見た瞬間、強烈にそう思った。
「鈴、そのワンピ可愛いね、すごく似合ってる」
「……ドウモアリガトウ」
「あはは！　なんで片言？　もしかして照れてる？」
ご機嫌な様子で笑う蓮くんを、この上なくうらめしい気持ちで見やる。
お世辞じゃないのかもしれないけど、わたしにとってはイヤミ以外の何ものでもない。

実況中継するなら、周囲の視線は蓮くんに集中していた。
ジャカードデザインのカットソーに、七分丈のジャケットをさらりと羽織った彼を、それこそ老若男女が二度見していく。
（蓮くんはそういうの、気にしてなさそうだなぁ……）
人に注目されるのはもう慣れっこなのか、極々フツーに歩いている。
というか、今にも鼻歌をうたいだしそうなほどには機嫌がよさそうだった。

「こうして二人で歩いてると、オレら新婚さんぽくない？」
「寝言は寝て言おうか」
「住むのは渋谷の松濤あたりがいいな。で、こどもは三人！」
「よし、歯ぁ食いしばろうか」
「ええー？　なんでこういうときだけ、めちゃくちゃ笑顔なの？」

情けない声を出す蓮くんを放置する勢いで、駅を背にしてざっざか歩いていく。
だけど残念なことに、わたしは今日の目的地を知らないのだった。

「……おつかいって、どこで何を受け取ればいいの？」
「楽器屋でねぇ、芽衣子先生の指揮棒と、奏音のピックと……なんだっけな、取り寄せ伝票を預かってきたんだけど……あれ？　どこだ？」

蓮くんはジャケットを探ってるけど、わたしの目にはサルエルパンツの後ろのポケットから紙が見えている。これは、場を和ますためのギャグなんだろうか。
迷ったのは一瞬で、わたしは紙に手を伸ばした。

「そっちじゃなくて後ろ」
「へ？　あ、ありがとう……。じゃあ、気を取り直して行きますか」
「どこに？」
「オレたちの新居へ！」

まだ言うかっ。
そうツッコもうと思ったのに、蓮くんの顔が真っ赤で言葉が引っこんだ。

よく見れば、耳も、首元まで赤い。

「……先に、どこかでお茶する？　少し冷やしたほうがよくない？」
「えっ、頭を冷やせってこと？　鈴ひどいよ～」
「あのねぇ、わたしは真剣に心配してるの！」
「鈴が！　オレを心配！　どうしよう、マジ泣きそう……」

ダメだ。いつも以上に会話が成り立たない。
（っていっても、わざと話をはぐらかしてるようにも思えないんだよね）
なんていうか、ふわっふわしてる感じ？
心ここにあらず、うわの空、浮き足立ってる？

「とりあえず、最初におつかいをすませちゃわない？　で、そのあとどっかでお茶しよう」
気を取り直したように、蓮くんが颯爽と歩き出した。
これも素でボケてるのか、それとも今度こそツッコミ待ちなんだろうか。目的地である楽器店の立て看板には、蓮くんの進行方向とは真逆の矢印が描かれている。

「ええと、蓮くん……。お店、反対みたいだけど」
「あれ？　ウソ、なんでだろう？」
「……ねえ」
「はい、場所交代ねー」
日を改めようと提案しようとしたのに、出鼻をくじかれてしまった。
蓮くんは有無を言わせず、わたしの肩を押しのけるようにして右側に移動した。

「なんで？」
「なんででもー」
ムッとしているのに気づいてないはずはないのに、蓮くんは我関せずといった体だ。
だけど、すぐに理由がわかった。
（わたしが歩いていたの、車道側だったんだ……）
それからも、蓮くんは挙動不審と気遣いを交互に見せた。
荷物を持つのを手伝ってほしいから誘われたと思ってたけど、結局全部蓮くん一人で運んでしまった。しかも、お店のドアの開け閉めさえ、わたしに譲ってくれなかった。

（これじゃあ、本当にデートしてるみたい……）

現実味がなくて、何をしゃべったのか記憶も危うい。

駅前まで戻ってきたときには、内心ほっとしてしまった。

「お疲れさま。今日はつきあってくれてありがと」

「こっちこそ、荷物ほとんど持ってもらっちゃってゴメンね」

「それは言わない約束でしょ？　なんて、鈴のそういう律儀なとこもスキなんだけど」

「……っ！」

（やだな、今のは笑って受け流すところだったのに……）

からかうネタを提供された蓮くんはといえば、なぜか真面目な表情を浮かべている。

急に空気が変わったことに戸惑っていると、小さな咳払いが聞こえてきた。

「……鈴に、渡したいものが……あるんだ」

蓮くんのジャケットのポケットから、リボンがかけられた小さな箱が現れた。
さしだされ、受け取るように視線でうながされる。
わたしは立ち尽くすばかりで、結局蓮くんが手のひらに載せてくれたのだった。

「開けてみて」

こういうやりとり、ドラマで見たことがある。
でもまさか自分の身に起こるわけがない。まして、相手は蓮くんだ。
（静まれ、心臓……！）
きっとまた、何かオチが待ってるはずだ。

ありえない勘違いをする心臓に言い聞かせ、ゆっくりとリボンを解いていく。
だけど中から出てきたものを見て、ますます鼓動が速くなってしまった。

「これって……」
「レインボークォーツ。ペンダントなら、生徒指導にもひっかからないかなって」

蓮くんは秘密を打ち明けるみたいに、ひっそりと微笑む。

（もしかして、バイトをはじめたのって……蓮くんがほしかったものって……）

うれしい。それが素直な気持ちだった。

同時に、いたたまれなくなってしまう。

「ありがとう。気持ちは本当にうれしい」

「……気持ちは？」

「友だちからもらうには、なんていうか……豪華すぎると思う」

「ああ、そういう……」

前ぶれもなく、ふっと蓮くんの声が低くなった。

（わたし、何かマズいことを言っちゃった……？）

「鈴はさ、オレのことスキ？　それともキライ？」

このタイミングで、その質問？
あっけにとられ、言葉もなく蓮くんを見つめ返してしまう。
真剣な声はさっきの一瞬で、今はおなじみの人懐っこい笑顔を浮かべている。
そして、通常営業のチャライ告白。

いつもと同じ、だよね……？
そうだよね？

（入部前だったら、迷わずキライだって言えたのに……）
顔を合わせて作曲に打ちこむうち、チャラ男だけじゃない姿が見えてきた。
友だちとしてなら、かなり気が合うことも知ってしまった。

じゃあ、今は？
スキ　と　キライ　の差は、なんなんだろう？
そもそも、恋ってどんな感じなんだろう？

「――困らせて、ゴメン」

どれくらい時間が経ったのか、蓮くんの声が聞こえてハッとする。

わたしは完全にフリーズしてしまっていたようだった。

「えっと、その……あの……」

「今は無理して答えなくていいよ、ホントに気にしないで。いいんだ、鈴のそばにいられるなら」

その日は、どうやって家まで帰ったのか覚えてない。

気がつくと、夕飯も食べずに、ただひたすら暗い部屋でベッドに寝転がっていた。

（なんだか全部夢みたい……）

だけど手の中で光るレインボークォーツが、夢じゃないって主張してくる。

（スキとキライ……。ダメだ、全然わかんないよ……）

でも、胸の中がじんわりと熱いことだけはわかる。

何かを訴えるように、心臓の音がいつもよりはっきり聞こえてくる。

甘くて、苦しい……。

この気持ちは、なんなんだろう？

蓮くんと出かけてから、一週間が経った。

あの日以来、しばらく軽音部には顔を出していない。

知恵熱か、それとも夏風邪か……。とにかく寝こんでしまったわたしは、家にこもるはめになってしまったのだった。

芽衣子先生にメールで事情を説明すると、すぐに蓮くんからも連絡があった。

アドレスを教えた覚えはないから、たぶん先生から聞いたんだと思う。

『こっちのことは大丈夫だから、気にせずしっかり休むよーに！

あ、返信もいらないよ』

そんな蓮くんのやさしさに甘えて、全部棚上げにしたまま登校日を迎えてしまった。
（せめて、レインボークォーツのお礼はしなくちゃ……）
保冷バッグの中には、フロマージュを使ったケーキが入っている。
前に食べたいって言ってたし、文化祭の練習にもなるし、ちょうどいいと思ったのだ。
（家庭科室の冷蔵庫をかりておいて、直前にとりだそう）

それと、もうひとつ。
スキキライ　リア充ストラップが、制服のポケットに入っている。
もちろん、深い意味はない。
あんなに欲しがってたから、だから譲ってあげるだけだ。
これでイーブン、対等になれるならいい。

「あっ、音崎鈴……！」

校門を通り過ぎたところで、後ろから名前を呼ばれた。
反射的にふりかえってしまったけど、声の主を見てすぐに後悔する。

そこには原岡さんたち、蓮くんの親衛隊の面々が集まっていた。

（うわ、またニラまれてる……）

慌てて前に向き直ると、今度は辺り一面からひそひそ声が聞こえてきた。ぐるっと包囲網みたいなのができていて、小さく悲鳴が出てしまう。

中には顔を知らない人もいて、三年生や一年生もまじってるみたいだった。

「ねえ、あのウワサって本当？　王子とデートしてたの、マジで音崎さん？」

「なんか、駅前で二人で歩いてるとこ見た人がいるって……」

「蓮くんも、とうとう彼女持ちになったか～」

口々にささやかれる言葉に、さーっと血の気がひいていく。

（うそ、見られてたんだ……）

ただの部活の買い出しです！　つきあってもないです！

そう言って誤解を解かなきゃと思うけど、身体の震えが止まらない。

（わたしは、平穏に過ごしたいだけなのに……なんで……）

周囲の視線が毒針みたいに刺さって、イヤな記憶までよみがえってくる。

あれは、中学生のときだった。

当時のわたしは今以上に恋にうとくて、よくわかってなかった。だから女子にも男子にも同じように接してて、それが叩かれる原因になったらしい。

こびてる、とか。八方美人、とか。

びっくりするような言葉を浴びせられまくって、ようやく気がついた。

平和に暮らしたいなら、必要以上に目立っちゃダメなんだって。

とくに男子には、不用意に近づいちゃいけないんだって。

「ウケるんですけど！　あのウワサって、絶対見間違いに決まってるし」

「そうだよ、蓮くんが地味子と付き合うとかありえないでしょ」

立ち尽くすわたしを追い越しながら、原岡さんたちが笑って否定していく。

つられて、ほかの人たちも「言われてみれば……」とかってささやきだした。

（よかった、これで……）

本当によかったのかな？

この場で誤解が解けたからって、ウワサ自体が消えてくれるとは限らない。

でも、だったら……どうすればいいんだろう。

みんなに言って回るとか、たとえ本当のことでも逆効果な気がする。

（やっぱり、蓮くんと距離をとる以外に方法はないのかな？）

答えは出ないまま、わたしは重い足をひきずるようにして教室に向かった。

千歌が心配そうに「まだ風邪治ってないの？」って聞いてくれたけど、あいまいに笑って首を横にふることしかできなかった。

ＨＲ中もずっと、原岡さんたちの視線が突き刺さってきた。

それでいて何か言ってくるわけでもないから、余計に怖くなる。

隣の席から蓮くんの視線も感じたけど、不思議と今日は声をかけられなかった。

もしかしたら、めずらしく空気を読んでくれたのかもしれない。

（なんにしても、今日はもう軽音部には顔を出さないほうがいいよね……）

フロマージュのケーキは、千歌たち生徒会役員の人に食べてもらおう。

放課後のチャイムが鳴るなり、わたしは逃げるように家庭科室へと走った。

冷蔵庫から保冷バッグに移し替えていると、ふいにドアが開いた。

部長かと思って顔をあげたのに、そこには予想外の人たちが仁王立ちしていた。

「ちょっといい？　話があるんだけど」

「……原岡さん……」

彼女の後ろには、いつもの四人。

さらに廊下から様子をうかがってるグループもいる。

「単刀直入に聞くけど、例のウワサを流したのはアンタじゃないの？」

「えっ……」
一瞬、何を言われたのかわからなかった。
ぽかんとするわたしをよそに、親衛隊の人たちが次々にまくしたてる。
「何度も忠告してきたよね？　王子はみんなのものなんだから、いい加減にしてよ」
「自分と王子が釣り合うとか思ってるワケ？　ちょっと調子に乗りすぎじゃない？」
「ねー。芽衣子先生が誘ったっていうから、軽音部に入ったのも見逃してあげてるのに」
「っていうか、王子も王子じゃない？　なんで、こんな子なんか……」
「ぶっちゃけ最近の蓮くん、ヘタレっぽい感じもするしね」
「あっ、わかる！　カッコよくて、ちょっとドSな王子様っていうのがウリなのにさー」
（なんで……？　なんで蓮くんのことまで言うの？）
その瞬間、自分でもびっくりするくらい大きな声が出た。
「蓮くんのこと、悪く言わないで！」
「……は、はぁ？　そもそも、アンタが王子にまとわりついてるのが悪いんでしょ」
原岡さんの反論に、親衛隊の人たちも力強くうなずく。

わたしは今度こそ絶句してしまった。

（えっと……？　わたしがいつ、蓮くんにまとわりついてたって？）

彼女たちには、何をどう言っても伝わらないのかもしれない。

そもそもこっちの言い分なんて、はじめから聞く気がなかったんじゃないだろうか。

「あはは！　すごい理屈だね、それ」

重苦しい空気を切り裂くようにして、蓮くんのよく通る声が廊下に響いた。

（蓮くん……!?）

この場に居合わせた全員が、いつもと違う彼の様子に戸惑っているのが伝わってくる。

悪口を聞かれてしまった原岡さんたちに至っては、すっかり顔色を失っていた。

「いい加減にしてほしいのは、オレのほうなんだけど。もちろん、バンドの応援してくれるのは本当にありがたいし、期待には応えていきたいなって思ってるよ？」

ふっとやさしい声色になった蓮くんは、一人一人の顔を見るように語りかけた。

まるでライブのMCみたいに。

「けど、こういうプライベートっていうの？　オレが誰をスキでも、誰にどういう態度をとられてたって、キミらには関係なくない？　放っておいてほしいんだけどなぁ」

「で、でも！　蓮くんって、中学のときに未来先輩とつきあってたんでしょ？」

「未来さんのこと、今でもスキなんですよね!?」

今、なんて？

未来先輩と蓮くんが、つきあってた？

「その話、本当なの？」

あっけにとられた様子で、原岡さんが遠巻きに見ていた一年生に問いかけた。

相手はしっかりとうなずいて、「お姉ちゃんに聞いたんです」と告げる。

それからは、蜂の巣を突いたみたいな騒ぎになった。

でも全部が全部、遠い世界のできごとに思えて……。

気がついたときには、わたしはその場を走り去っていた。
呼び止める蓮くんの声が聞こえたけど、ふりかえる余裕なんてなかった。

なんかホント、バカみたい。
男女のスキ？　とか、わたし真剣に考えちゃって……。

スキ？　キライ？
今までも蓮くんは、よく言ってたじゃん。
あれは友だちとしてのじゃれ合いだよ。

未来さんみたいな人とつきあってたのに、わたしなんかスキになるはずがない。
伝説の歌姫と、ちょっとピアノが弾けるだけの地味な子。
そんなの比べるまでもないのに。

「……千歌のところに、早く届けなきゃ」
フロマージュのケーキを入れた保冷バッグが、やけに重く感じられた。

一週間も経たずに新学期がはじまった。
わたしは相変わらず、蓮くんの顔が見れないでいる。
席替えで窓側とドア側に離れたこともあって、外野も少しだけ静かになった気がする。
（だけど、ずっとこのままってワケにもいかないよね……）
明日からは通常授業がはじまるし、部活も本格的に再開されることになっている。

新曲は、あとは作詞とアレンジを残すだけになった。
少し早いけど、今なら退部してもそこまで支障はないと思う。
（でも、理由は？　どんな顔をして、なんて言うの？）
元をたどれば、わたしが蓮くんの顔を見れなくなったのは、夏休みに備品を買いに出かけたときからだ。あの日、レインボークォーツのペンダントを渡されたときから。
「あ、また……。王子、しょっちゅうアクビしてない？」

「ＳＨＲも爆睡してたよね。目も赤かったみたいだし、寝不足なのかな？」

全校集会からの帰り道、クラスの女子たちが心配そうにささやきあっていた。気になってた内容だけに、自然と聞き耳を立ててしまう。

「もしかして、原岡さんたちが突撃した件をひきずってるのかもね……」

「未来さんとつきあってる、って話？」

「ウワサだけど、王子のほうがフラれたっぽいよ」

「えっ、まだ続いてるんでしょ？　わたしはそう聞いたけど」

これ以上は聞いてられなくて、わたしはそっと列から外れた。

すると、千歌が気づいて駆け寄ってきてくれる。

「鈴！　どこ行くの？」

「……保健室にでも行こうかなって」

「わかった、私もついてく」

「えっ！　そんな、悪いよ。大丈夫、わたし一人で行けるから……」
「真っ青な顔して、何言ってるの！　先生に言ってくるから、そこで待ってて」
「待って千歌、わたし本当に……」
「二人きりで話したいこともあるから。ね？」

親友にそう言われてしまえば、首を縦にふる以外に選択肢なんてない。
おとなしく二人で保健室に向かうと、ドアノブに「外出中」のプレートがさがっていた。

「ちょうどよかった。最悪、場所を変えようと思ってたから」
「……そんなに大事な話なんだ」
「鈴だって、わかってるでしょ？　加賀美蓮の話だよ」

ベッドに腰をおろし、千歌が隣をポンポンッと叩いた。
なんとなく落ち着かなくて、わたしはほんの少しだけ多めに距離を空けて座る。
千歌は気にした様子も見せず、キッパリした声で言う。

「何があったかは聞かない。部外者が口を出すことじゃないだろうし」
「……ありがとう」
「お礼を言うとこじゃないよ。それに、部外者だからこそ言っておきたいこともあるの」
「……うん」
「蓮くんと、未来先輩のこと」

ああ、やっぱり。
わたしたちがギクシャクしてるの、千歌は気づいてたんだ。

本音を言うなら、聞きたくない気持ちのほうが大きい。
とっくに疲労困憊だったし、これ以上傷つくのはイヤだ。
(それでも……ここで背を向けたら、永遠に先へは進めない気がする……)

わたしは意を決して、まっすぐに千歌の瞳を見つめた。
「お願い。聞かせて」
対する千歌は、無言で見つめ返してくる。じっと心の奥底をのぞきこむように。

「――わかった。ただ、これだけは忘れないで」

過去は過去だよ。

そう前置きして語られたのは、想像もしなかった中学時代の蓮くんの話だった。

「蓮くんとは私、同中だったじゃない？　母親同士が仲良くって、一緒に出かけたり、悩みとかも相談しあってたみたいでさ」

「あそこの家はもともと少し複雑だったらしくて、蓮くんが中二の頃には、ついに離婚することになって……。弁護士さんもまじえて話しあってるときに、おばさんが交通事故で亡くなっちゃったんだ」

「今からは想像できないかもだけど、蓮くんって泣き虫でさ。おばさんのお葬式と入れ違いぐらいに引っ越してきた未来先輩が、お姉さんみたいに面倒見てた」

「そのうち、二人がつきあうようになったってウワサが流れて……。でも未来先輩が十七歳のとき、スカウトされたじゃない？　プロデビューするために上京しなくちゃいけなくなって、それで自然消滅したっていうのが通説」

千歌の話は、かなしかった。つらかった。

でもそれ以上に、ようやくわかった真実に胸がしめつけられた。

わたしは二人が知り合いだから、蓮くんが『泣キ虫カレシ』を託されたんだと思ってた。

だけど本当は、そもそも託されたわけじゃない。

あれは、蓮くんと未来さんのための歌だ。

泣き虫なキミが蓮くんで、ツヨムシなキミが未来さん。

（蓮くんはずっと、どんな気持ちで歌ってきたんだろう……）

ここぞってときにしか披露しないのも。

あんなにも聴く人の心を揺さぶるのも。
全部が全部、蓮くんの未来さんへの想いが詰まってるから。

「……走って逃げちゃって……感じ悪かったな」
つぶやきは次第に涙声になって、雫がスカートに落ちてシミをつくった。

勝手に誤解して、呼び止める蓮くんを無視して。
それからずっと避けてて……。

「あのね、千歌……。わたし、サイテーなんだ」

「蓮くんのこと、チャラい人だって決めつけて……。一緒に曲をつくるようになって、友だちっぽく話せるようになってからも、どうせまた冗談なんだろうなって、何か言われても全然本気にしてなかったのに……」

「そのくせ、二人で買い出しに行ったときに『スキ？　キライ？』って聞かれたら、わたしマジメに受け取っちゃったんだ。それで蓮くんと未来さんの話を聞いて、勝手に裏切られた気になって……」

「本当はわたしが……わたしが、蓮くんのこと――――」

そのあとは、声にならなかった。

「……わかってる、わかってるよ。鈴の本当の気持ち、気づいてた」

そっと千歌の手がのびてきて、励ますように頭をなでられる。

「さっき私が言ったこと、覚えてる？　過去は過去だよ」

「……でも、何を言えばいいかわかんないよ」

「はい、鈴の『でも』いただきました！　気をつけないと口癖になっちゃうよ？」

「あっ……」

ぐっと息をのむと、千歌の手が今度はポンポンと肩を叩いた。

「ねえ、たまには思い切ってやってみたら？　別に見切り発車でも平気だって、実際に走り出したら案外なんとかなるもんだよ」

わたしが答えられないのを見て、千歌がさらに続ける。

「鈴だって、このままじゃダメだって思ってるんでしょ」

「……うん……」

いつまでも蓮くんを避けてちゃダメだ。

何も変わらないどころか、状況は悪化していく一方になる。

それに――。

たとえ蓮くんがどう思ってたんだとしても、わたしは一緒にいて楽しかった。

友だちとしてなら、もっと仲良くなれるのかもしれない。

謝って、それで改めて言おう。

スキとかキライとかは置いておいて、もう一度はじめからやり直すんだ。

わたしと友だちになってください、って。

「ありがとう千歌、わたし行ってくる」
「ん、がんばってね」
北棟の最上階にある視聴覚室までの道のりが、こんなに遠く感じたことはなかった。
深呼吸を繰り返し、音を立てないようにゆっくりとドアを開ける。
(今日は弦巻くんもいる……)
一つの机を囲み、蓮くんと二人で真剣な表情でスコアをのぞきこんでいた。
アレンジを決めているみたいで、ライブでも聞いたことのある曲名が飛びかっている。
蓮くんが鼻歌をうたい、弦巻くんがベースで弾き直す。
ああでもないこうでもない言いながら、曲が新しい姿になっていく。
(二人とも、すごい真剣な顔してる)
すっかり見慣れたはずの横顔が、今は別人みたいだ。

音楽に集中していて、そこだけ世界が隔離されてるようにも見える。
（……きっと、わたしが来たのも気づいてないんだろうなぁ）
心の準備がしたくてひっそりと入ったくせに、なんでさびしいなんて思ってるんだろう。
勝手に距離を置いて、勝手に「壁」を感じるなんて、ほんとどうしようもない。

「蓮、またそれか」
ふいに弦巻くんがベースを弾くのを止め、コツンとスコアを指で叩いた。
「サビ終わりのコード、前のと同じになってる。つかそれ、未来さんのクセだろ？」
「あー……。うん、理解した」
「無自覚か？　ったく、気をつけろよ」
蓮くんが苦笑をこぼしたのを見て、めまいを覚えた。
地面が崩れるみたいに、足がふらっとして……。
ガタンッ！

つかんでいたドアを揺らしてしまい、大きな音が立ってしまった。
さすがに蓮くんたちも気がついて、ばっちり視線があう。

「鈴！　よかった、今日もまだ出れないかと思ってた」
「音崎、夏風邪こじらせたんだって？　蓮のヤツが連れ回したからだよな、悪い」
「はぁ？　奏音、何いい人ぶってんだよ。オレ、ちゃんと自分で謝るし！」
「なんだ、まだ謝ってなかったのか」

会話の端々から、蓮くんの気遣いがわかる。
わたしが部活に顔を出さなかったのを、上手くフォローしておいてくれたんだ。

「えっと、あの……もう大丈夫だから」
気にしないでとあいまいに笑うと、蓮くんがパァッと表情を明るくする。
「よかったー！　じゃあさ、新曲も完成させちゃおう。今回のは、ツインボーカルがいいんだよね。歌詞を会話っぽくして、オレと鈴でうたわない？」
「おい、聞いてないぞ」

「うん、今はじめて言ったからね」

すっかり蓮くんのペースだ。

わたしの気持ちを置いて、どんどん進んでいってしまう。

「歌詞、途中まで書いてみたんだ。鈴は空いてるとこに入れてってくれる？」

さしだされたスコアを受け取らず、わたしは首を横にふる。

「……まだやるって言ってない」

次の瞬間、空気がひやりとしたのがわかった。

（わたし……なんて言ったの……？）

自分もびっくりして、思わず手で口をおおってしまう。

謝りに来たのに、全力で逆方向に走っていた。

微妙な沈黙をやぶったのは、巻きこまれてしまった形の弦巻くんだった。

「ほらな、これが正常な反応だ。今度から、ちゃんと事前に伝えとけ」

そう言って立ち上がり、止める間もなく部屋を出て行ってしまう。
わたしと、蓮くんを残して。

再び静まり返った視聴覚室で、わたしたちは視線をあわせることもなかった。
しばらくすると、蓮くんがいつもの調子で話しかけてきた。
「ここんとこ、どうしたの？　芽衣子先生も気にしてた」
「……うん」
「あ、いや、責めてるわけじゃないよ？」
「……うん」

機械みたいに相づちを打つだけのわたしに、蓮くんがため息をもらす。
首の後ろをガリガリかいて、気まずそうに切り出した。
「もしかして、だけど……。原岡さんたちのことが原因だったりする？」
「え……？」
「バンドやってくの、しんどい？」

核心をつく蓮くんの問いかけは、一気にこの場の空気を冷やした。
「……あのね、蓮くん」
思い切って言おうとした瞬間、食い気味に蓮くんが言う。
「なんか好き勝手言われてたけどさ、鈴は今まで通りにしててよ。大丈夫、オレが守るから。大船に乗った気でいて……」

「ごめん」

蓮くんをさえぎり、わたしはとっさに謝っていた。
なんでだろう、前みたいに軽口で返せない。
（友だちとしてやり直そうって、会いに来たくせに……）
もう友だちじゃいられないって思い知る。
心臓が、全身が、そう訴えかけていた。
「ごめんって、何？　どういう意味？」
「……親衛隊の子にもにらまれるし、ホントにイヤなの」

こんなこと言いに来たわけじゃない。
でも、わたしは……自分に負けた。逃げてしまった。
（仕方ないよ。このままずっと、友だちでなんていられないんだから……）
これでいいんだ。
強制終了。

「鈴……」

ひとりごとなのか、呼びかけられたのか。
ぽつりと言ったきり、蓮くんは黙って立ち尽くしていた。
見慣れた笑顔はとっくに消えていて、まるで別人みたいに映る。

（どうしよう、怒らせたかな……）
全身から血の気が引いて、手が小刻みに震えだす。
だけど次に聞こえてきたのは、どこかおだやかな声だった。

「――わかった。いいよ、最悪『ラララ』でうたうから」

いいって、何が？

ああ、そうか。新曲の歌詞の話をしてたんだっけ。

あっけにとられるわたしの横を、蓮くんが足早に通り過ぎていく。

最後にスコアを机の上に置き、そのままドアに手をかける。

「れ、蓮くん！　スコア……」

ようやく出た声は、緊張でかすれていた。

「鈴の好きにして」

「……え？」

最後にふりかえった蓮くんは、やさしく笑っていた。

だから余計、心に刺さった。

（ああ、本当に……。わたし、自分で終わらせちゃったんだ……）

わたしはただ黙って、ドアの向こうに消えた蓮くんの背中を見送った。

文化祭まで、残り一週間を切った。
毎年九月の第二土曜と日曜の二日間にわたって開催されるから、夏休みが明けたらあっというまで、この時期は学園全体が浮き足立った感じになる。

かくいうわたしも、ずっと落ち着かない日々を送っていた。
新曲のスコアは、いまだ虫食い状態でカバンの中に入ったままだ。
(蓮くんに相談できたらいいんだろうけど……)
あの日以来、ただの一言も交わしていない。
自分から距離を置いてるのもあるし、それ以上に向こうから避けられてる感じだった。
(今まで、どうやって話してたんだっけ)
席替えで隣同士じゃなくなって、ほとんど接点がないことに今さら気がついた。

ウザいくらい話しかけてくれてたのも、ネタをふってくれてたのも蓮くんで。
わたしはといえば、会話の糸口すら見つけられず、タイミングもつかめないでいる。
千歌が何かと心配して声をかけてくれるけど、それに甘えるわけにもいかない。
自分でどうにかしなきゃ意味がないから。
（わたしに今できることは……）

その日の放課後、わたしは三日ぶりに視聴覚室を訪れることにした。
芽衣子先生の言葉通り、そこに蓮くんの姿はなかった。
『最近、蓮まで部活に顔出してないみたいじゃない』
音楽の授業が終わると、わたしは先生に残るように言われた。
案の定というか、話題は部活のことで。

蓮まで、って言葉から、わたしが出ていないことも知られてるんだってわかった。

『言っておくけど、音楽性の違いでぶつかるなんてよくあるし、あたしはそんなことで怒ったりしない。毎日部活に参加しろとも言わない。気分が乗る、乗らないってあるしね』

先生は肩をすくめ、いたずらっぽく「そうじゃない？」と聞いてくる。

わたしが黙ってうなずくのを見届けると、ふっと表情を改めた。

『ただ、後悔だけはしてほしくないわけ。わかる？』

背中を押す言葉に、今度は声に出して「はい」って答えた。

先生は「よろしい」って笑って、頭をぐしゃぐしゃになでてくれて……。

最後まで、ああしろこうしろとは押しつけないでいてくれた。

そして、一番大事なことを思い出させてくれた。

（……わたし、やるって言ったじゃん）

たしかに、軽音部に入部したのは成り行きだった。
だけど一緒にハニワの新曲をつくるって決めたのは、わたし。
ほかでもない、わたしなんだ。

蓮くんとのことが、あってもなくても。
せめて大好きなハニワの音楽からは逃げない、逃げたくない……！

そう決意して、わたしは視聴覚室に戻ってきた。

キーボードをセッティングし、シャープペンを片手にスコアを広げる。
思いついた歌詞を弾き語りして、うたいやすいかとか、音にハマってるかを確認していく。
何度となく繰り返していくうちに、少しだけ気分が晴れていくみたいだった。

「なんか聞こえると思ったら、音崎か」

おもむろにドアが開き、ベースを担いだ弦巻くんが顔をのぞかせた。

そばに蓮くんの姿はなく、一人で練習に来たみたいだ。

「ここ使うよね？　邪魔だったら、場所変えるけど……」

「必要ない。むしろ、俺のほうが作詞の邪魔にならないか？」

「全然平気」

否定はしたけど、半分はウソだった。

弦巻くんがどうのじゃなくて、わたしのほうに気になることが多すぎるんだ。

どう切り出そうか迷っていると、ためらいがちな声に呼びかけられる。

「余計なお世話だと思うけど……。いいのか、このままで」

「迷惑かけて、ゴメンなさい」

「や、俺らは別に迷惑とか思ってないから。音崎が入ってくる前にも、蓮とは何度もぶつかってきたし、バンドを続けるためにはこの先もまたやるだろうし」

「……わたしも、もう逃げるのはよくないなって思ってる」

「そっか、ならよかった。蓮のやつ、ホントに音崎のピアノがスキだからさ」

「わたしの……ピアノを……？」

初耳だった。

目を白黒させていると、弦巻くんは懐かしそうに笑い出した。

「一年の頃だったかな。放課後、ピアノを聴きに通ってるんだとかさんざん自慢してたけど、ぶっちゃけストーカーだろっていう」

（……なんで、そのこと……）

たしかに一時期、放課後の音楽室でピアノを弾いたり、うたったりしていたことがある。

でもこっそり一人でやってたことで、誰かに見られてたなんて思わなかった。

「最後にこれだけ、いいか」

驚きすぎてリアクションも取れないわたしに、弦巻くんは構わず続けた。

「あいつ、チャラすぎてわかんないかもだけど、ずっと前から音崎のこと見てたよ。それこそ、入学式のときから」

蓮くんが、わたしを、ずっと見てた？

わたしは、蓮くんのことを……どれだけ知ってる？

自分に都合よく見てただけだ。

笑ってる顔ばっかりで、怒ってる顔も、泣いてる顔も知らない。

「わたし、ほんと……逃げてばっかだ……」

「――今日も暑いな。窓開けるか」

たぶん、聞こえなかったフリをしてくれたんだと思う。

弦巻くんはひとりごとみたいに言って、窓を大きく開けた。

風と一緒に、誰かの声が聞こえてくる。

（この声……）

聞き間違えるはずがない。

蓮くんだ。

ギターの伴奏もなくアカペラで、『泣キ虫カレシ』をうたっている。

未来さんと蓮くんの歌、だ。
なら、新曲は――わたしと蓮くんの歌にしたい。
素直な気持ちを、これまで二人で過ごした時間を歌詞にするんだ。

文化祭までは、残り一週間もない。
作詞がはじめてのわたしに、どこまで書けるかわからない。
（でも、やりたい。蓮くんに伝えたい）

「弦巻くん、蓮くんに伝えて。必ず、新曲の歌詞を届けるからって」

その日から、放課後は毎日視聴覚室にこもり、作詞に没頭するようになった。
新曲を持って、蓮くんに会いに行くために。

（空が高いなぁ……）

少し乾いた空気に、さわやかな風が吹き抜けていく。

店じまいした家庭科室の窓から、わたしは秋晴れの空を見あげた。

今年の文化祭も晴天にめぐまれ、二日目に至っては例年以上にお客さんが来ている。

千歌いわく「保護者も多いけど、大半はハニワのライブ目当てのお客さん」らしい。

（弦巻くんも、チケットが完売したって言ってたもんね）

腕時計を確認すると、三時まで十分を切っていた。

ダンス部のステージが終われば、いよいよハニワのライブがはじまる。

（蓮くん、メール見てくれたかな……）

昨夜やっとのことで完成した新曲の歌詞は、メールで送っていた。

最初は直接会って渡そうと思ったけど、当日の二人の予定を思うと難しかった。蓮くんとはクラスの展示当番がズレていたし、わたしには家庭科部のレジ係もある。

それで速くて確実な方法を選んだんだけど、返事はいまだにない。

蓮くんは今、何を考えてるんだろう？
わたしのこと、どう思ってるんだろう？
浮かぶのは、不安ばっかりで。
さらに、これから自分がしようとしていることを思うと、足が震えてくる。
（……ううん、もう逃げないって決めたんだから）
わたしはエプロンを外して、家庭科室を後にした。

中庭に設置されたステージの周りには、すでに人だかりができていた。
パフォーマンスを終えたダンス部が、歓声に応えながら袖にはけていく姿が見える。
「急がなきゃ……」
「どこに？」
誰に聞かせるでもなくつぶやいた言葉に応える声があった。

ハッとしてふりかえると、原岡さんたち親衛隊の人たちが集まってきていた。

（もうすぐライブがはじまるのに、場所取りしなくていいのかな）

なんて、聞くまでもなさそうだ。

彼女たちの険しい表情を見て直感する。

ライブがはじまる前だからこそ、わたしに会いに来たんだって。

辺りをグルッと囲まれたまま、彼女たちが歩きだす。

そうして中央のわたしも無理やり歩かされ、ステージから引き離されてしまう。

大移動は、販売時間が終わり閑散とした屋台たちの前まで来て、ようやく止まった。

遠くから、ハニワの演奏が聞こえてくる。

彼女たちも気になってるはずなのに、決して動こうとはしない。

やっぱり、わたしをステージにあげたくないみたいだ。

「蓮くんのこと、どう思ってるわけ？」

原岡さんは前置きもなく、ずばりと踏みこんできた。
とっさに後ずさりしそうになりながら、わたしはお腹に力をこめて踏みとどまる。
「……ちゃんと向き合いたいって、そう思ってる」
「何それ、鏡見たことある？　それとも音崎さんって、実は自意識過剰だったんだ？」
彼女の甲高い声を合図に、ほかの人たちもイヤな顔で笑いだした。

わたしだって、まだ自分に自信を持てたわけじゃない。
原岡さんが言うように、もしかしたら自意識過剰なのかもしれない。
だけどそんなの、逃げていい理由にはならない。

「……今までずっと、ハッキリしなくてゴメンね」
「は？　なんで謝ってんの？」
今度はイヤミとかじゃなく、純粋な疑問だったらしい。
あっけにとられた状態の親衛隊の人たちを見回しながら、一度深く息を吸いこむ。
そして声が震えないように胸をはり、やっとつかんだ答えを告げる。

「原岡さんたちにも、自分の本当の気持ちにも、怖くて目をそらしてきたけど……。そういうの、今日でもう止めにする」

「……口ではなんとでも言えるわよね」

「うん。だから見てて」

こわばった顔になる原岡さんに笑いかけ、わたしは駆けだした。

ステージではすでに演奏がはじまっていて、新曲のイントロが流れている。

急げ、急げ……！

ここで全力を出さなきゃ、一生後悔する。

ひんやりした空気に肺が悲鳴をあげるけど、そんなの構ってらんない。

（……あれ？　これって前奏？）

スコアではすぐにうたいだすようになっていたのに、今も演奏が続いている。

アレンジしたのかな？　なんのために？

わたしを待ってくれてた？　どうして？

スタッフさんからマイクを受け取ると、ライトに照らされた蓮くんと目があった。
驚いたのは一瞬で、蓮くんは太陽みたいな笑顔を向けてくれる。
わたしも思いっきり笑い返して、ステージへと躍り出た。

『スキヨ　キライ　ワカンナイ…キライ
スキダ　イガイ　アリエナイ　スキダ！
スキ　ト　キライ　ワカンナイ
止まれないスキキライ』

ダブルアンコールを終え、大盛況のうちにハニワのライブは幕を閉じた。
わたしは新曲だけのつもりだったけど、MCでメンバーとして紹介され……。
結局、キーボードとコーラスとして、最後までステージに立つことになったのだった。

「おっ、後夜祭がはじまった」
手すりにもたれながら中庭を見おろし、蓮くんがうれしそうな声をあげる。
横に並んだわたしは、少し嗄れた声で「うん」とだけつぶやく。

屋上には、ほかに誰もいない。
それもそのはずで、普段は施錠されて立ち入り禁止になっている場所だ。
今回は生徒会役員の千歌がこっそり鍵を貸してくれて、特別に入れていた。文化祭を盛り上げてくれた功労賞として、ってことらしい。

にぎやかなステージとは対照的に、屋上には沈黙が流れている。
話したいことはいっぱいあるのに言葉にならなくて、視線を泳がせるしかできない。
蓮くんも、さっきまで客席をあおってたのがウソみたいに息をひそめていた。

「新曲のタイトル、決めたんだけど……」
夕闇にとけそうな、静かな声だった。
わたしは干上がったのどから、なんとか返事をしぼりだす。
「何にしたの？」
「……『スキキライ』って、どう？」
「そのまんまだね」
「鈴は変化球のほうがスキなんだ？」
いたずらっぽく笑う蓮くんを見るのはひさしぶりで、なんだかうれしくなる。
涙がにじむのをごまかしたくて、わたしは少し考えるフリをしてから首をふった。
「直球勝負のほうがスキかな」

スキって言っただけで、心がふるえた。
（これからもっとスゴイことを言わなきゃなのに、心臓もつかな？）
すっかり冷えた空気を肺いっぱいに吸いこみ、わたしは蓮くんのほうを向く。

「あの……」
「あのさ」
「「えっ？」」
声が重なって、二人そろって目をまたたいた。
次の瞬間、すかさず蓮くんが続けた。

「ずっと部活に顔出さなくて、ゴメン」
「わ、わたしのほうこそ！　ゴメンね」
「……なんで鈴が謝るの。困らせたのはオレじゃん」
「違う。もとはといえば、わたしが勘違いしてて……」
続きをさえぎるように、蓮くんが大きくかぶりをふる。
「オレ、あの日……鈴にホントにイヤだって言われて、もう頑張れないって思ったし……頑張っちゃダメなんだって思ったんだ」
「そのことなんだけど！　わたし、蓮くんに言いたいことが」
もう一度、蓮くんがわたしの言葉を奪った。
今度は、強い光をたたえたまなざし一つで。
「でも奏音から伝言聞いて、最後の可能性にかけようって思った」
新曲の歌詞を必ず届けるっていうあの言葉を、蓮くんは信じてくれてたんだ。
だからわたしが現れるまで、新曲のイントロを延ばしてくれたんだ。
「蓮くんは、どうしてそんなに……」
「――鈴はさ、オレとはじめてしゃべった日のこと、覚えてる？」
「え？　一年生のときの後夜祭、だよね……？」
「ああ、やっぱそういう認識だったんだ」
そう言って、蓮くんは困ったように笑った。
「オレたち、もっと前にしゃべってるよ。ぶっちゃけると、高校の入学式から」

「ええ!? なんで、そんな前から……。クラスも違ったのに」
ウソをついてるようには見えないし、たぶん本当なんだろうと思う。
だけどわたしは、本当に、ちっとも、これっぽっちも覚えがない。
「式が終わったあと、桜並木の下で電話してたでしょ？ で、急に泣き崩れてた」
「あっ……」
蓮くんの言葉に、記憶の扉が開け放たれていくのがわかった。
あの日はわたしにとって、二重の意味で「旅立ち」のときだった。
式の前日、以前から闘病中だった愛犬のスズが、ついにこん睡状態に陥ってしまった。
小さい頃からずっと一緒で、姉妹みたいに育った彼女のそばを片時も離れたくなくて、直前まで入学式にも欠席するつもりだった。
（でも、奇跡的にスズが目を覚まして……）
わたしは逢坂学園に向かい、そして式の終了後に病院から電話をもらった。
『たった今、息を引き取りました』

聞こえてきたのは無慈悲な現実で、その場に泣き崩れてしまった。
自分がいる場所とか、周囲の視線とか全部飛んでて。
だからハンカチを貸してくれた人のことも、すっかり記憶の彼方に追いやっていた。

（……あれが、蓮くんだったんだ……）
どうして忘れてたんだろう？
なんで今まで、名乗ってくれなかったんだろう？
ぼう然と蓮くんを見やると、やさしいまなざしが返ってきた。

「それからずっと気になってて、今度は放課後の音楽室でピアノ弾いてるとこに遭遇したんだよね。そしたらまた泣いてて、たった一人で『泣キ虫カレシ』うたってた」
（弦巻くんが言ってたけど、本当に見てたんだ……）
はずかしさと、いたたまれなさで、声にならなかった。
そして蓮くんも、声がふるえていた。

「自分と同じ曲で同じように泣いてる子がいて、脳裏に焼きついちゃったんだよね」

理由は聞くまでもなかった。

未来さんとのことを思い出して、うたって、泣いてたんだ。

「あとはもう、気づいたら目で追ってるようになってて さ……。鈴って自分で自分を地味だとか言うし、周囲に面倒ごと押しつけられても笑ってるし、見てるこっちがハラハラした」

「……うん」

「だけど、絶対手を抜かないんだよなとか、周りのこと冷静に見てて助けてあげられる子なんだよなとか……。気を許した子には、すっげぇ可愛く笑ってみせるとか知っちゃって」

可愛いとか、何言っちゃってるの。

お世辞はやめて。そういうのはいいってば。

言いたいことは次々と浮かんでくるのに、息がもれるだけで声にならない。

（ヤバイ、どうしよう、頬が熱くなってきた……）

ドキドキしっぱなしのわたしに、蓮くんはさらに鼓動が速くなるようなことを言う。

「鈴が文化祭で自分の歌を聴いて泣いてくれたとき、オレの中で針が振り切れちゃったんだよね。それで気がついたら、後夜祭で告白してた」

「誰かを守りたいって思ったのは、鈴がはじめてだった。鈴のおかげで、オレはずっと引きずってた未来を卒業できたんだ」

「鈴はさ、オレのことスキ？　それともキライ？」

いつかと同じ質問に、息が止まった。

けど、わたしを映す瞳も、問いかける声も、かすかに揺れていて。

蓮くんも同じように緊張してるんだってわかったら、余計な力が抜けた。

『キライさえ裏表
僕ら今　恋してる』

アカペラで、『スキキライ』の一番お気に入りの部分をうたってみせた。
突然のことに蓮くんは目を丸くして、言葉を失っている。
今度は、わたしの番だ。

「……わたしは人前が苦手で、ひっそりと目立たずに、平穏無事にすごしていきたいって願ってた。だからピアノも、うたうのも大好きだけど、蓮くんがいなかったら、ああやって人前で弾く日なんて一生こなかったと思う」

「それだけじゃなくてね……。蓮くんと一緒にすごす時間は本当に楽しくって、自分がこんなに笑えるんだってはじめて気づけた」

かたくなに見ようとしなかったのは、自分の本当の気持ちだった。
波風の立たない安全な世界から出るのが怖くて、変わっていく自分から目をそらして。
変化を起こしてくれた蓮くんの存在さえ、遠ざけようとしてたんだ。

「鈴、もう泣かないでよ」
「……スキって、こういう気持ちなんだね」
「え？」
「わたし、蓮くんがスキ」

「……え？　ええ？　えええー!?」

「蓮くん、顔真っ赤になってる」
「そ、そりゃなるよ！　念願の彼氏彼女だもん、リア充の仲間入りだもんっ」
やけくそ気味に叫ぶ蓮くんに、例の存在を思い出す。
制服のポケットに手を入れると、ずっと出番を待っていたストラップと指先がぶつかる。

「……これ、受け取って。レインボークォーツのお礼」
急激にはずかしくなって、少しだけぶっきらぼうな言い方になった。
でも蓮くんは気にしてないどころか、マンガみたいに目を丸くしている。
「そ、そそ、それ！　スキキライ　リア充ストラップ……！」

蓮くんの手にブルーのストラップを載せ、わたしはケータイを取り出す。
キュンキュンストラップことピンクのお守りが、熱をはらんだ風にゆらゆらと揺れる。

「二つセットで持ってると、恋が叶うんだっけ。伝説、本当だったね」

夕陽が沈み、東の空には月がのぼってきている。
わたしたちはどちらからともなく手をつないで、その淡い光に包まれた。

一年後、わたしはハニーワークスの正式なメンバーになっていた。
高校生活最後の文化祭を前にして、蓮くんはいつも以上にはりきっている。

「なんだかんだ、去年もMVPをとれなかったもんねー」

「まさか一票差に泣くとは思わなかった……！　って鈴、他人事みたいに言ってないでよ」

放課後の視聴覚室で、すっかり指定席になったキーボードの前に座っていて。
マイクスタンドそっちのけで、蓮くんがわたしの前に立っている。
少し騒がしい空気が、今の二人の日常だ。

「ヤベェ！　すげぇの来た……！」
壊しそうな勢いでドアを開け、めずらしくハイテンションな弦巻くんが駆けこんできた。
蓮くんもあっけにとられたみたいで、目をぱちぱちさせている。

「何がヤバイって？　来るって、何が、どこに？」
「初音未来だよ！　文化祭のスペシャルゲストに、あの歌姫が来るんだと！」
「ふーん……って、あの未来？　マジで？　すごいじゃん！」
「だろ？　いくら元・ウチの学校だったからって、フツー無理だろ」
「やったね、鈴！　未来に会えるよ!!」
興奮気味の蓮くんに肩をバシバシと叩かれるけど、不思議と痛みは感じなかった。
だって、ちっとも現実味がない。

何度も頭の中で繰り返していると、次第に鼓動が速くなってきた。

「……ど、どうしよう……わたし、心臓もつかな……」

「え？　ちょ、何その反応!?　ねえ鈴、オレにもドキドキしてよ〜〜」

半泣きの蓮くんに、わたしと弦巻くんは思わず顔を見あわせる。

次の瞬間に大爆笑してしまって、視聴覚室に蓮くんの抗議の声が響く。

蓮くんと彼氏彼女になってはじめて迎える夏が、すぐそこまで来ていた。

この時季特有の、激しい嵐と共に。

見てる
見てる
じ
ぱちぱち

naki mushi
泣き虫カレシ

高校生活最後の夏が終わった。
今年は鈴とあっちこっちに行って充実してた分、いつも以上に短かった気がする。
授業もはじまったのに、頭切り替えられるかマジで不安だったりして。
（それもこれも、鈴がどうしようもなく可愛いから……！）

約一年と半年におよぶ片想いの末ゲットできたカノジョは、とにかく可愛い。
ひたすら可愛い。どうしようもなく可愛い。国宝級に可愛い。
オレが調子に乗ってバカなこと言うと、すかさず怒ってくれるとことかホント最高だし。
言いすぎちゃったかなって心配そうに目を泳がせるやつ、あれも反則だと思う。

だけど最近、鈴の様子がちょっとおかしかった。
オレのカン違いじゃなければ、それはとあるニュースが届いたときからだ。

今年の文化祭では、ビッグゲストがステージに立つ。
卒業生にして伝説の歌姫こと、初音未来が。
詳細はボカされたけど、今回はいわゆる凱旋ライブらしい。
昨年以上に海外のフェスが続くから、しばらく日本に戻れないのも理由なんだとか。
（生徒会から正式に発表があったときの反応、ヤバかったなぁ）
未来の音楽がスキなやつはもちろん、彼女のサクセス・ストーリーってのに憧れてる子も少なくないんだって、改めて気づかされた瞬間だった。
そういえば鈴も、未来に憧れて逢坂学園を受験したって言ってたっけ。
『未来さんが文化祭に来るの？　ホントに？　うわ、どうしよう……』
こんな鈴を見るのはじめてってくらいの動揺っぷりに、オレは思わず笑っちゃって。
ジロッとみあげられて、それも可愛くって、ぽんぽんと頭をなでた。

『大丈夫だって、いつも通りにしてなよ。鈴はそのままで可愛いんだから』
『か、可愛くないから！　それに、そういう話はしてませんっ』
『うん？　じゃあ、何』
『……軽音部の後輩として、緊張してるの！』

そのときは「そういうもんなんだ？」って、少し微笑ましくも思ってた。
でも言葉とは裏腹に、どこか鈴の表情はスッキリしなくて。
（オレと未来のこと、鈴はどう思ってるんだろう……？）

「プロフィールはこんなもんかな。あとは肝心の音源か……」
自室でPCをいじりながら、ついひとりごとがもれる。
いつもながら部屋はひどく静かで、やけに響いて聞こえた。

少し迷ってから、スピーカーから『スキキライ』を流す。
どうせ今夜も、というか日付が変わらないと、この家はオレ一人だ。

「……あれ、このファイルなんだっけ？」
ＰＣの奥深くに謎のデータを見つけ、マウスをクリックする指が止まった。
ファイルには、数字が四つ並んでいる。

「０３０９？　０３０９、何かの日付かな」
数字を読みあげてハッとした。
この日付には覚えがある。

「ああ、中学の卒業式の……」

今度は迷わずクリックすると、思った通りの音源が姿を現した。
三年前、未来へと送った『泣キ虫カレシ』だ。

もともとは未来がつくったもので、最初は女子視点の歌詞だけだった。
そこに男子の視点を加えて、かけあいのようにしたのがオレで。
未来もアレンジを気に入ってくれたみたいで、デビューシングルに収録されていた。
シークレット・トラック扱いだからか、歌詞の表示はなかったけど。
でもそのほうが「ぽい」とも思う。

「……未来、元気にうたってんのかなぁ……」

もうメールを送ることもなくなったし、この三年間、一度も会ってない。
それでもオレは、今でも彼女をありありと思い出せる。

中学二年の夏、母が交通事故で亡くなった。
白い布をまとって眠る彼女を前に、残されたオレは立ち尽くした。
あの人が――遺伝子上、戸籍上の「父」が出張から戻ったのは、葬式が終わってからで。
離婚係争中のできごとだったから、あっけないくらいに思ったのかもしれない。
唯一の救いは、最悪な男の両親がいい人たちだったことだ。
出張先の海外に戻ったあの人に代わり、中学卒業まで彼らが同居してくれることになった。
当時のオレは、毎日のように泣いていた気がする。
いっそ涙が涸れてくれたらいいのに、一向に止まらなくて……。
せめて祖父母に余計な心配をかけないようにって、とある場所を訪れるようになった。

住宅街と公園とを結ぶ、小さな歩道橋。
そこは夕方になると、ほとんど人も通らなくなるから気が楽で。
日が沈(しず)んでいくのをぼんやりと一人で眺(なが)めるのが、たまらなくスキだった。

「……メール？　めずらしい、海斗からだ」

その日も歩道橋の手すりにもたれ、九月になっても夏の匂(にお)いが残る街を見おろしていた。
ジーパンに入れてきたケータイが鳴って、年上の友人からのメールに目を通す。

『ひさしぶり。
今度の日曜に、文化祭でライブをやるんだ。
もしよかったら、見においで。
すごいのが聴(き)けるから』

海斗は三つ年上で、小学校のときに合唱部の先輩後輩(せんぱいこうはい)だった間柄(あいだがら)だ。
逢坂学園に進学してからは、軽音部に所属していた。

しょっちゅう顔を合わせていたわけじゃないけど、折にふれて連絡をくれる。

（不思議と海斗とは、波長とか、音楽の好みがあうんだよなぁ）

その彼が「すごい」というライブは、いったいどんなものなのか。

オレは俄然気になっていた。

「行ってみようかな、文化祭……」

「文化祭なら、逢坂学園はどう？」

（――はっ？）

ひとりごとに質問が飛んできて、思いっきりビクッとなったのを覚えてる。

恐る恐るふりかえると、いつの間にか背後には見知らぬ女子が立っていて。

逢坂学園の制服を着た彼女は、ニコニコと微笑んでいた。

「突然ゴメンなさい。私、逢坂学園高等部一年の初音未来っていいます」

「……加賀美蓮、鳳笙中の二年です」

「ああ、やっぱり！　キミが蓮くんかぁ」
「やっぱりって、どういう……。誰かに聞いたんですか？」
「うん、海斗先輩に。私も軽音部の部員なの」

そう言って未来は、隣に引っ越してきたのが自分だと明かした。
順番がおかしくてオレは頭がこんがらがったけど、彼女の話をまとめるとこうだった。

夏休みに、ずっと空き家だったオレの家の隣に引っ越してきたこと。
海斗とは一緒にバンドを組んでいて、文化祭では彼女も何曲かボーカルを務めること。
練習で遅くなったとき、この辺の地理に詳しくない後輩を心配して、海斗が家の近くまで送っていった。そこでオレの家のお隣さんだと気づき、ひとしきり盛り上がったこと。

当時のオレはかなりの人見知りだったから、海斗の名前を聞いてようやく肩の力が抜けた。
未来も、少し不思議ちゃんみたいなところはあるけど、すげぇ感じが良くて。
別れ際には「ライブ、必ず行きます！」と約束していた。

後から気づいたことだけど。
夏休みに引っ越してきた未来が、文化祭のステージに立つのは「異常」だった。
逢坂学園の文化祭は九月の第二週目に開催されるから、ほとんど練習期間はないわけで。
そんな中で転校生が、しかも一年生がマイクをにぎるという。
未来は「二、三曲だけだよ」って言ってたけど、問題はそこじゃない。
今ならまざまざと、どれほどの事件だったかわかる。
そして、未来のすごさも。
実際、海斗の言う通り、彼女のステージはすごかった。
まず声がいい。声量も音域も、ハンパない。
何より表現力が群を抜いてるし、ビブラートのかけ方もキレイだった。
なんて、今のオレならいくらでも称賛の言葉が出てくる。
でも、まるで知識のない中二の加賀美蓮にだって、ハッキリとわかったんだ。

きっとこういう人をスターと呼ぶんだな、って。
スポットライトの下の未来は、まるで別人みたいに輝いて見えたから。

ライブが終わると、オレは迷わずハニワのもとに走った。
そして、勇気をふりしぼって未来に告げた。

「あなたの歌に感動しました。オレを弟子にしてください！」

突然の弟子入り宣言から、約一年。
再び夏が巡ってくる頃には、未来とオレはすっかり距離が縮まっていた。
それこそ周りからは「姉弟ですか？」って言われるくらいに。

あのとき、未来に「弟子!?　は、ちょっと無理かな……」と一度は断られた。

けど、彼女の言葉には続きがあって。

「友だちになってくれたら、うれしいな」

そう言って笑顔と共にさしだしてくれた手は、オレより小さかった。
亡くなった母さんの手を思い出して涙腺がゆるんだけど、ぐっとこらえて……。
未来のやさしい気持ちごと、ありがたく受け取ったのだった。

友だちになってからは、時間が過ぎるのがあっというまで。
二人で初詣に行ったり、花見したり。
いつだって、隣には未来がいた。

毎日が楽しくて、年の差が少しだけもどかしくて、ずっと一緒にいたくて。
十四のオレは、自分の気持ちに振り回されてばかりだったと思う。

だから、なんて言い訳にもならないんだけどさ。

未来の笑顔の陰にあるものを、ちっとも気づけないでいた。

これも今にして思えば、だけど。

未来が帰宅時間を気にしたことはなかったし、親の話題も出なかった。

それを自意識過剰なオレは、てっきり気づかってくれてるんだろうと思ってて。

海斗から何か聞いてるのかなとか、未来がそのつもりなら、なんて甘えることにした。

本当は、少しでも頭を働かせるべきだったのに。

そうしたら、何かが変わっていたかもしれないのに。

きっかけなら、いっぱいあったはずなんだ。

たとえば、中学最後の夏祭りとか。

その日の未来は、ふと会話が途切れるたびに下を向いていた。

やがて何かを決意したように顔をあげるけど、「次はどこ行く？」なんて言うだけで。

なんだか嫌な予感がして、オレは浴衣姿の未来を連れ回した。

「蓮くん、なんでそんなに早足なの？」
「のろのろ歩いてたら、お店全部見れないじゃん」
「あはは！　意外と食い意地はってるんだね」

人の気も知らないで、よく言う。
そんな風に思って、オレは少しピリピリしてた。

未来から何を言われるのか不安だったし。
無遠慮に彼女へ声をかけてくる野郎たちも気に食わなかった。
隣に立つオレが、弟にしか見えなかったんだろう。
そういう周囲の視線も痛いほどわかってたから、余計にイライラしてた。

「……ねえ、未来」
「はいはい、今度は何がほしいの？」
「……オレまだ何も言ってない」

「言わなくてもわかるよ。目をギラギラさせて、お店見てるんだもん」

くすくすと笑う未来につられて、オレも苦笑いがこぼれた。

いくら肩肘はっても、彼女にかかればあっさり崩されてしまう。

仕方ないな、敵わないなと思いながら、所狭しと並ぶ宝石たちを指さした。

もちろんホンモノなんかじゃない、ただのオモチャだ。

それでもオレは「コレだ！」って思った。

「未来、おそろいにしよ」

「え？　これを……？」

「ダメ、だった？　あの、イヤなら別に無理にとは……」

「ううん！　そんなことない。ただちょっと、驚いたっていうか」

「あ、わかった。オレのこと、またこども扱いしたんでしょ？」

「まあ、そうとも言うかな」

たしかに、こどものオレが指輪とか言い出したらビックリするだろう。
冷静にふりかえれば、納得の返事だった。

けどやっぱ、当時は不服で。
オモチャの指輪にこめたオレの想いに気づいてくれないのかって、悔しかった。
たとえニセモノでも、オレにとってはホンモノだった。

反面、自信がないのも事実で。
イミテーションなら断られないだろうって、頭のどっかで計算してた。

こども　と　おとな。
気づいてほしくて、このままでいたくて。
ゆらゆら天秤を揺らしながら、いつ自分の気持ちが決壊するだろうか考えてた。
そうやって青春してるつもりで、やっぱ自分のことばっかだったんだ。

だから、罰があたったんだと思った。

中学の卒業式前日、夕方過ぎに未来から呼び出された。
場所は、いつもの歩道橋。

頭のどこかで警報が鳴っていた。
けど聞こえないふりをして、楽譜を片手に向かった。
未来に最終試験をしてもらうんだって、そんな風に自分に言い聞かせてたと思う。

式では合唱することになっていて、オレはソロパートを担当することになっていた。
未来は弟子にはしてくれなかったけど、歌の練習にはつきあってくれた。
だからソロパートは、二人で勝ち取ったものだった。

当日は祖父母と、それから未来にも来てもらって、いいとこ見せたいとか思ってて。

それはもう必死になって練習したのを覚えてる。

だけど、それなのに、なんで……。

どうしてイヤな予感ばっかり当たるんだろう。

彼女から告げられたのは、正真正銘、別れの言葉だった。

「……今、なんて……？」

「東京に行くの。プロになるために」

（そんな……そんなのオレ、聞いてない……）

体に衝撃が走って、声なんて出なかった。

乾き切った唇がわずかに動くだけで、のどがヒュッと鳴る。

「ライブに音楽事務所の人が来てくれて、スカウトされたの」

動揺しまくるオレとは対照的に、未来はどこまでも静かだった。

最後の最後まで、彼女から「迷ってる」とか「予定」なんて単語は出なかった。

（未来、本気なんだ……）

決意が固いことは疑いようもなく、オレは絶望にも似た気持ちでうつむいた。

「……いつ行くの？」

「明日」

その言葉を聞いた瞬間、息が止まった。

目の前が真っ暗になって、立ってるのも不思議なくらいで。

（……未来、もう指輪してない……）

それがどういう意味なのか、聞くまでもなかった。

もう本当にどうしようもないんだって思い知って、ふっと目を伏せた。

それから勢いよく夕陽に染まる空を仰いで、深呼吸を繰り返す。

ごちゃごちゃした頭の中に、未来との思い出たちが浮かんできて……。

オレは無理やり、笑顔をつくってみせた。

「ねえ、未来」

何度となく、それこそ毎日のように呼んだ名前だ。

なのに、こんなに……。

声に出すだけでこんなに胸がふるえるなんて、今日まで知らなかった。

「笑って」

そう言って、オレは未来の頭をなでた。

感情が消え去っていた彼女の顔に、ゆっくりと色が戻ってくる。

じっと何か言いたげに見つめられて、自分の頬を伝うものに気がついた。

『これで終わりね泣かないの』

ふいに、未来がアカペラでうたいだした。
透き通った空気へと、澄んだ高音がとけていく。
泣きながら呼吸を繰り返すオレの中にもとけて、しみこんでいった。

『泣キ虫に魔法を
涙止まる魔法を
私と同じ顔するのよ　笑おう』

未来に魔法をかけられて、オレは笑って彼女を見送ることができた。
その年は桃の開花が遅れていたから、式当日は二分咲きくらいのはずで。
だけど翌日、桃は一気に咲き出していた。
――――旅立ちを祝うように。

東京に旅立った未来から、連絡は一度もなかった。

それだけじゃない。

有名になるに従ってマスコミに取り上げられるようになっても、彼女が地元の思い出を語ることはほとんどなかった。逢坂学園に転校してくる前のことも、だ。

プロフィールは最小限しか明かさない。

それが事務所の方針らしかった。

だけど本当のところは、本人がふれたくなかったのかもしれない。

未来の両親は、離婚係争中だったのだ。

ワイドショーでその事実を知ったとき、オレはバカみたいに動揺してしまった。

同じだったんだ、二人は。

なのに、一方的に励ましてもらうばっかりだった。
何も言わずに寄り添ってくれた。
未来の笑顔の陰にあるものを、見ようともしなかったオレに。

それからオレは、今まで以上に音楽に没頭した。
『泣キ虫カレシ』に歌詞を足したのは、オレなりの返事のつもりだった。

あのときは何も言えなかったけど。
もう大丈夫だなんて、ウソでも言えないけど。
それでも、伝えたいことがあったから。

数日後、未来から返信が届いた。
メールに書かれていたのは、たった一言。

「ありがと」

当時のオレは、それを目にしてまた号泣した。
十七のオレなら「こちらこそ」って言えるんだけどね。

「うーん、改めて聴き直すと……やっぱ下手だなぁ」
三年前はまだ声変わりの途中だったから、歌声自体もかなり不安定だ。
それでも不思議な魅力というか、一生懸命さは伝わってくる。
って、自画自賛だけど。

ブブブ……。

スマホのバイブが鳴って、メールが届いたことを報せる。
タップすると、鈴の名前が飛びこんできた。

『明日部活に持ってくおやつ、何が食べたい？』

鈴がつくってくれるものなら、なんでも。
そう正直な気持ちを伝えたけど、きっとまた怒られちゃうんだろうな。
なんでもいいのが一番困る！　とかって。

「ホント、鈴は可愛いなぁ」
誰に聞かせるわけでもないのに、自然と声が出る。
こういうのがきっと、恋ってやつなんだ。

中学生のオレは未来に恋をしていたけれど、そう信じていたけれど。
実際は愛情を与えてもらうばかりで、ただ甘えていただけなのかもしれない。
そのことに気づけたのは、鈴に恋をしたからだ。

放課後の音楽室に、鈴がたった一人いて。
泣きながらピアノで『泣キ虫カレシ』を弾き語りしてるのを見たとき、確信したんだ。
彼女だって思ったんだ。

自分と同じ曲で、同じように泣いてる子。
そこが出発点だったけど、気がつけばいつも目で追うようになってた。

鈴は人間関係が不器用だったから、最初は見てるこっちがハラハラした。
でも、それだけの子じゃなかった。
誰かが見てないところでも、ズルをしない。
周りを冷静に見てて、自分が不利になってでも助けてあげられるくらい強い。

ダメ押しは、一昨年の文化祭。
オレがうたう『泣キ虫カレシ』を聴いて、人目もはばからずに泣いていた。

あ、伝わった。
オレの想いが、たしかに誰かに伝わったんだ。

そう思ったとき、針が振り切れちゃって。
とにかく誰かにとられる前にと思って、その日の後夜祭で告白してた。

誰かを守りたいって思ったのは、鈴がはじめてだった。
一方的に、頼り頼られるんじゃイヤだって思った。

「鈴の笑顔が曇らないように、オレがそばで守っていくんだ」

そのためにも、いい加減に伝えなきゃいけない。
リミットは、刻一刻と迫ってきている。

明日も明後日も、その先も一緒にいたいから。
オレの夢の話をしよう。

ぎゅーん!!

ぎゅーん!!

ぎゅーん!!

ぎゅーん!!

ハジマリノ
サヨナラ
sayonara

視聴覚室の開け放った窓から、にぎやかな声がひっきりなしに聞こえてくる。
文化祭まで、残り一週間。
放課後になれば、それこそ校舎のあちこちが戦場と化していた。

かくいうわたしも、家庭科部と軽音部のかけもちで寝不足の日々を送っている。
だからって、絶対に手を抜くわけにはいかなかった。
あの未来さんが！　わざわざライブをしに来てくれるんだから。

「蓮くん、遅いなぁ……。早くアレンジを決めちゃいたいのに」
最近、蓮くんはしょっちゅう先生から個人面談を言い渡されていた。
夏休みが明けてからは、週二日のハイペース。
（理由は……やっぱりアレだよね……）

チラッと壁にかかった時計を見れば、もうすぐ一時間が経とうとしている。

調理室のほうに顔を出そうかとイスを立つと、突然ドアが開いた。

「おーまーたーせー……」

ダルそうに歩きながら、蓮くんが疲れ切った様子で入ってくる。

「お疲れ。先生、今日はなんて？」

「それがさ、前回とまーったく同じこと繰り返されたんだよ。深刻な顔で『高校卒業後は上京して、歌一本でやっていくなんて言ってるが、本気なのか？　本気なのか!?』って」

「すごい、蓮くんモノマネ上手！」

「……それ、先生にも言われた。ドヤ顔で『ミュージシャンってのは、本当に狭き門だ。おまえの場合、いっそアイドルとか芸人を目指したほうが可能性があるんじゃないか』って」

「ああ、うん……」

先生が言うことも一理あるかも。

想像してみたら、なんか異様に似合ってるし。

そんなことを思ってると、蓮くんが不機嫌そうにこっちを見てくる。

「言っとくけど、頭にハチマキ巻いて短パンにランニングシャツとか、絶対やらないから」

「……ハイ？　何それ」

「えっ、見たことない？　昭和の超売れっこアイドルに、そういう人たちがいたんだよ。いま見ると、一周回ってロックだよね」

なんだ、意外とノリノリなんじゃん？

以前のわたしなら、たぶんそうツッコんでたと思う。

でもずっと間近で見てきて、蓮くんが音楽に本気なのはわかってるから言葉はのみこんだ。

「だいたい芸人っていうなら、鈴のほうが似合うし」

「ひどい！　それ言うなら、蓮くんの方が１００倍似合うし！」

彼氏彼女になってからも、わたしたちの軽口合戦は終わらなかった。

というか、むしろ悪化してる気もするんだよね。それこそコントみたいに。

だけどそれは、蓮くんなりにタイミングをはかってるんだってこともわかってきた。

「……ところでさ」

ほら、きた。

ひとしきりアホなことを言って笑いあったあと、急に真面目な声になるんだ。

なんとなく、何を聞かれるのかもわかってる。

「鈴はもう、製菓学校の候補しぼった？」

「……本命は決めたよ」

「やっぱり地元？　オレと一緒に東京行かない？」

「蓮くん、それは……」

「学校に通いながらでもいいんだ。東京で、二人で、音楽やるのも考えてみて」

最初は冗談だと思った。

でも事あるごとに誘われて、だんだんわからなくなってきた。

（もしかしなくても、本気なのかな……）

もちろん東京で音楽をやっていくのは、ハードなことってわかる。
（なんだけど、蓮くんと一緒なら楽しいんだろうなって思っちゃうんだよね）
いまみたいにずっと隣でうたっていけたなら……。
そんな甘くないってわかってても、夢みたいなことを心のどこかで思っちゃう自分もいる。

「答えは急がないから」
「……うん」
やさしく笑う蓮くんに、わたしは小さくうなずく。

あえて言葉にはしないけど。
本当はお互い、もう猶予がないことはわかってる。
もう高三の秋だ、受験方法によっては出願受け付けもはじまっていた。
だから先生も、なんとか蓮くんを思い留まらせようと焦っている。
（ぶっちゃけた話、蓮くんの成績は学年でも上から数えたほうが早いしね）
職員室で蓮くんの進路に賛成してるのは、顧問の芽衣子先生くらいらしい。

と、廊下からピンヒールの音が聞こえてくる。
規則正しく、かつ迫力あるリズムを間違えるはずもない。
ウワサをすればなんとやら、芽衣子先生だ。

「おーい、加賀美に音崎！　連れてきてあげたわよ」
勢いよくドアが開き、芽衣子先生はご機嫌な調子でそう言った。
誰ですか？　なんて、聞くまでもなく。
先生のあとから入って来た人を見るなり、わたしはたまらず叫んでいた。

「み、みみ、未来さん……!?」

そう、目の前に降臨しているのは、初音未来さんだった。
（すごい……。雑誌やネットで見たままの、ううん！　それ以上のオーラだよ～）
小顔でスラッとしていて、まるでモデルさんみたいだ。

「はじめまして、卒業生の初音未来です。あなたが音崎鈴さん、かな？」
「あっ、はい！　すみません、いきなり叫んじゃって……」
「そんなことないよ。私のこと知っててくれて、すごくうれしかったんだから」

うわー、どうしよう！
わたし、あの未来さんに微笑みかけられてるんですけど!?

真っ赤になって声も出ないわたしを見て、蓮くんが苦笑まじりに前に出た。
「見ればわかると思うけど、鈴は未来の大ファンなんだ。逢坂を受験したのも、未来と同じ学校に通いたかったからなんだってさ」
ちょっと蓮くんってば！　よりにもよって、なんでソレをぶっちゃけるかな？
はずかしさと恐れ多さに、顔から火が出そうになる。
「時期がかぶってなくてもいいの！　母校が一緒なのは事実だし！　ってことみたい」

もだもだしてるわたしの横で、蓮くんがハイテンションで続ける。
これ以上は言わせるもんかと見上げたら、笑顔でびしっと親指を立ててくる。

そして、ふっとまじめな顔になると、未来さんに手をさしだした。

「ひさしぶりだね、未来」

「わー！　蓮くん、背、伸びたねぇ」

未来さんは、とびきりの笑顔で蓮くんと握手した。

歌姫のときに見せるものより、なんだかずっとやわらかかった。

蓮くんと、未来さん……。

二人の再会を、わたしはちょっぴり心配していた。

でも目の前には極上の笑顔があって、そんな心配は吹き飛んでた。

「もしもし、鈴ちゃーん？　目がハートになってるのはいいけど、それ未来にでしょ！」

二人の再会に感動してたわたしの頬を、蓮くんがひっぱってきた。

「もう、蓮くん！　初音さんの前でヘン顔させるなんてひどいじゃんっ」

「やだな、鈴はいつだってかわいいよー？」

「ご、誤魔化されてなんかあげないんだからねー!?」

「ちょっと、そこのバカップル。話進めていい？」
芽衣子先生のあきれた声に、はっと我に返る。
慌てて頭をさげて「すみません」を連呼すると、未来さんの軽やかな笑い声が響く。
（笑い声も素敵なんて反則だよ……）

「っとに、どこまで話したんだっけ？　ええと、こちらが初音未来さんで……」
「未来のマネージャーをしております、巡音瑠花と申します」
それはわたしのとは比べものにならないほど、とても綺麗なお辞儀だった。
クールでハスキーな声。
落ち着いていて、なんだかミステリアスな雰囲気が漂っている。

「音崎鈴さんに、加賀美蓮くん……」
再確認するように名前を呼ばれ、凜とした瞳と視線がぶつかった。
ぺこりと会釈すると、ふっと巡音さんの表情がやわらぐ。
「写真や動画で見たよりも、ずっといいわね」

「えっと……？」

いったいなんのことだろう。

首を傾げるわたしの横で、急に蓮くんが早口でしゃべりだす。

「あーっと！　ちなみにオレと未来は」

「お知り合いなんだそうですね。家が隣同士だったとか」

「そう、そうなんです。って言っても、こうして会うのは三年ぶりですけど」

「三年？　もうそんなになるんだ……。海斗先輩は元気？」

「来年には、海外の大学から帰ってくるよ」

巡音さんからバトンタッチするみたいに、未来さんが話に加わった。

二人にしか通じない話題ではあったけど、楽しそうな様子に少しほっとする。

長く会ってないなんてウソみたいな盛り上がりだ。

チリッ。

心臓のあたりが痛んで、わたしは驚いてシャツの上から手を当てた。

（なんだろう？　刺すみたいな、しめつけるみたいな……）

はじめての感覚に戸惑っているわたしをよそに、蓮くんたちの話は進んでいく。

意識の外でそれを聞いていると、文化祭のための新曲という単語が飛びこんできた。

「それ、いま聴ける？　少しだけでいいんだけど」

めずらしくうわずった声で、蓮くんがまくしたてる。

未来さんはチラッと巡音さんを見て、それからにっこり笑った。

深呼吸をひとつ、ふたつ。

あっと思った瞬間、その場の空気が一変する。

『同じ時間数えすぎたね　忘れるのは難しいよ
キミの音が溢れたみたい』

そのときたしかに、時間が止まった気がした。

マイクなんてないのに、澄んだ声はどこまでも伸びて……。

未来さんからはオーラのようなものが放たれていた。

「いま披露できるのは、ここまで」

未来さんの言葉を聞いても、すぐには理解できなかった。

少し経って蓮くんが拍手する音に、ようやく現実世界に戻ってくる。

「さすが未来、曲も歌もサイコー。ね、鈴もそう思ったよね？」

蓮くんに同意を求められても言葉にならなくて、わたしはとにかく必死にうなずく。

「本当？　うれしいな」

そう言ってはにかむように笑う未来さんは、直視できないくらいの可愛さで。

わたしはさらにドキドキする鼓動を抑え、感想を伝えようと口を開いた。

――――だけど、一瞬遅かった。

「いまのはね、あの曲……『泣キ虫カレシ』のアンサーソングでもあるの。それでね、ライブでは蓮くんも一緒にうたってほしいなって」

しんと部屋が静まり返った。
何ごとか打ち合わせしてた芽衣子先生と巡音さんも、ぴたりと黙っている。
呼びかけられた蓮くんはといえば、あっけにとられたように目を丸くしていた。

『泣キ虫カレシ』は、蓮くんと未来さんの思い出がつまった曲で。
そのアンサーソングでもあるという新曲を、ステージで一緒にうたえる――。
そう思ったとき、わたしの体はひとりでに前へと進み出ていた。

「蓮くん、やったね。こんな機会、めったにないよ！」
「……そう、だろうけど……」
「めったにどころか、もうないかもなんだよ？　やるしかないじゃん」
「鈴……」

パンッと蓮くんの背中を叩くと、かすかに震えているのが伝わってきた。
（うん、緊張しないわけないよね……）

それでもこのチャンスをつかんでほしくて、今度はそっと前に押す。
すると、普段ならびくともしない大きな背中が、ゆっくりとだけど動いてくれて。
蓮くんは未来さんと真っ正面から向き合って、ぺこりとお辞儀した。

「……よろしく、お願いします」
「こちらこそ」

（よかった。よかったね、蓮くん……！）
心の中で呼びかけたのが聞こえたのか、くるりと蓮くんがふりかえった。
そしてわたしの手を取り、思い切り自分のほうにひっぱる。

「ごめーん、肝心なこと言い忘れてた」
前にも聞いた覚えのある台詞に、むしょうに心臓がざわついた。
まさか、もしかして、ウソでしょう？

「うたうときは、鈴も一緒だからね！」

（三日……三日……!?　どうしよう、文化祭まであと三日しかない……！）

何度ケータイを確認しても、日付が変わるはずもなく。

放課後、貸し切り状態の視聴覚室で、わたしは思う存分ため息をはいた。

例の蓮くんのとんでも発言は現在進行形で、信じられない展開を迎えている。

なんと！　未来さんと蓮くん、そしてわたしがマイクをにぎることになったのだった。

（どうしてこんなことに……『絶対ムリです！』って言ったのに……）

蓮くんはちっとも話を聞いてくれないし、なんか芽衣子先生も乗り気になってて。

あろうことか、マネージャーの巡音さんまで「おもしろそうね」って言い出した。

しかも未来さんが「楽しみだね」って、微笑んでくれて――。

あこがれの人に、あんなうれしそうに言われて断れる人間がいるだろうか。
いや、いない！

（……わたしはただ、未来さんのライブが見たかっただけなのになぁ）
そのステージに蓮くんも一緒に立つってところまでは、大歓迎だったけど。
自分も参加することになるなんて、予想外もいいところだった。

去年の文化祭でライブに飛び入り参加して以来、地元のライブハウスでうたったことは一度や二度じゃない。それなりに数を重ねてきたし、応援してくれる人たちも現れた。
だけどそれは、あくまでアマチュアレベルの話だ。
（真剣に音楽をやってる蓮くんはまだしも、わたしには……ムリだよ……）

未来さんから新曲のデータはすでに送られてきていて、自主練もはじまっている。
今日も蓮くんたちと合わせる予定だったけど、弦が切れたとかで買い出しの真っ最中だ。
わたしだけ残ったのは、少しでも練習しておきたかったからで……。
（でも結局、一人になるとグルグル考えちゃって進まないんだよね）

ここのところ、不整脈っぽいのが続いてるのも気になっていた。
蓮くんが未来さんの新曲をうたうたび、いきなり鼓動が速くなったり、チリチリッとやけるような感覚を覚えたりする。こんなのはじめてで、実は地味に心配になってるんだよね。
（ホント、どうしちゃったんだろう……）

「ため息ついて、どうしたの？」
「それが実はあああ!?　初音さん！　うそ、ホンモノ!?」
「この間も思ったけど、音崎さんは声量あるねぇ」

ほめられてうれしい。うれしいけど、死にそう。
ひょいっとドアから顔をのぞかせる未来さんと目があって、心臓が飛び出しそうになる。
ジーンズ姿にキャスケット、赤縁の眼鏡。
変装用なのか、いつもの未来さんとは雰囲気の違う格好をしていた。

「あ、あの……蓮くんたちは……」

「ううん、今日は音崎さんに会いに来たの」
「わたしに？　み……初音さんが？」
「未来でいいよ。私も鈴ちゃんって呼んでいいかな？」
「おおお、恐れ多いです……」
恐縮しまくるわたしに、未来さんが悪戯っぽく笑う。
「ねえ鈴ちゃん、デート行こう！」
「デート？　デートっていうと、あの……わあ!?」
質問もそこそこに、ぐいっと腕をひっぱられた。
そのまま、すたすたと歩いていく未来さんについていく形になる。
「友だちと遊びに行くの、ひさしぶりだなぁ。どこから行こうか」
（……ひさしぶりなんだ。そっか、忙しいもんね）

未来さんは去年、アリーナツアーをしていたし、海外のフェスにも呼ばれていた。
合間にシングル三枚、アルバム一枚。ＣＭや雑誌にも登場していて、うちの両親も「このこ、よく顔を見るね」なんて言って、自然と名前を覚えていたみたいだった。

そんな人が、母校とはいえわざわざ文化祭のライブでうたってくれる。
しかも新曲を用意してきてくれて、一緒にステージに立とうって言ってくれてる。
（いつまでも緊張とか気がひけるとか、そういうの理由にして逃げてちゃダメだ）
せっかく時間をつくってくれたんだもん、ここで距離を縮めなきゃ！

「未来さん、甘いのスキですか？」
「うん、大好き」
「じゃあクレープ屋さん行きませんか？　駅前に、すっごいおいしいとこあるんです」

クレープを食べたあとは、ショッピングモールを回ることにした。
未来さんに洋服を見てもらって、今日だけでぐっとセンスが良くなった気がする。
日が暮れる頃には、すっかり「鈴ちゃん」って呼ばれるのにも慣れていた。

「お店見て回っただけなのに、もう足がパンパンだぁ」
糖分補給と休憩に立ち寄ったカフェで、未来さんが苦笑まじりに足をさすった。
「あはは。結構歩きましたもんね」
「鈴ちゃんは平気なの？」
「芽衣子先生に、外周と筋トレを課せられてるので……」
「なるほどー。私もがんばらなきゃな」

（……あれ？）
ふいに未来さんの表情が曇った気がして、向かいの席を凝視してしまう。
「なぁーに、鈴ちゃん。私の顔、何かついてる？」
「あっ、いえ……」
よかった、カン違いだったみたいだ。
慌ててパフェを口に運ぶと、今度は未来さんがじっとこっちを見ていた。

（どうしたんだろう……。ハッ！　わたし、大口開けすぎ？）
「いまの顔、蓮くんにそっくり」

「えっ……」

「蓮くんも甘いもの好きで、ケーキバイキングとかよく一緒に行ったなぁ」

チリッ。

胸の奥がやけるような感覚に、わたしは息をのむ。

「ふふっ、懐かしい」

未来さんが心からそう思ってることは、声からも表情からも伝わってくる。

(蓮くんだって、そう……)

視聴覚室で再会したとき、未来さんに送られた視線は太陽を見るときにも似ていた。

まぶしくて、目を開けていられない。でも、見たくてたまらない。

そんな声が聞こえてくるような……。

「――――どうして二人は別れちゃったんですか」

ぽつんとこぼれた声は、わたしのものだった。

（うわ!?　ウソでしょ、いまなんて……）

とっさに口を手で押さえるけど、こぼれた言葉はもう戻らなくて。

同じように驚いてる未来さんと視線をあわせられず、黙ってうつむくしかなかった。

未来さんと二人きりになって、はじめての沈黙だった。

冷静になるほど、なんてことを聞いちゃったんだろうって頭が痛くなる。

相手は芸能人だし、何よりわたしは会ったばかりの人間だ。

（いくら友だちだって言ってもらえたからって、こんなの……）

謝らなくちゃ。発言を取り消そう。

ようやく頭が回ってきて、わたしはそろそろと顔をあげる。

すると、おだやかな顔をした未来さんと目があった。

「別れたっていうか、そもそも私たちは……なんていうのかな……。ああ、ダメだぁ。私は自分に都合のいいことしか言えそうにないから、蓮くんに聞いてみてくれる？」

「あ、の……でも……」

「大丈夫。鈴ちゃん、蓮くんと付き合ってるんでしょう？」

そのとき。

わたしはどうしてか、未来さんの質問に答えられなかった。

未来さんは「私が誘ったから」って言って、カフェ代をおごってくれた。

わたしが気まずくしちゃった空気も、さらりと軌道修正してくれて。

そのあとカラオケに入ると、新曲をうたうときのコツとか、ツアー中の失敗談なんかも話してくれた。わたしが文化祭での共演に緊張しまくってることも、お見通しだったみたい。

「お姉ちゃんがいたら、こんな感じなのかなぁ」

「うれしい！　私も鈴ちゃんみたいな妹、ずっとほしかったの」

「……あれ、わたし声に出してました？」

「ばっちり。鈴ちゃんって、ほんと素直だよね」
お店の駐車場に、未来さんの透き通った笑い声が響く。
横を通り過ぎる人たちが興味津々に見てくるから、わたしはさりげなく移動する。
（巡音さんが迎えに来るまで、しっかり番犬を務めなくちゃ）

ほどなくして、未来さんのスマホに電話が入った。
相手は巡音さんだと思うけど、なんだか難しい話をしているみたいだった。
「鈴ちゃん、もう少し時間ある？　夜から入ってた取材が明日になっちゃって、できればこのまま新曲のアレンジを相談したいなって思うんだけど」
「あ、はい。ぜひ」
「よかった！　じゃあ決まりね。瑠花はあと五分で着くって」

未来さんたちが宿泊するホテルには、蓮くんの姿もあった。
巡音さんに呼ばれたとかで、わたしたちが着いたときにはすでにスコアを広げていた。

「提案なんだけど。コード、ちょっといじってみない？」
いきなりの蓮くんの提案に、わたしはぎょっとする。
（プロを相手に、そんなこと言うなんて……）
だけど未来さんは気を悪くした様子もなく、ひょいっと蓮くんの手元をのぞきこんだ。
「どれどれー？　なんか変だった？」
「そういうんじゃなくて、サビ終わりとかさ、未来ってわりと似通ってるじゃん」
「あー……。うん、そうかも」

いつかどこかで、聞いたことのあるようなやりとりだった。
記憶をたどるうち、去年の文化祭準備期間中のことがよみがえってくる。
（あれはたしか、蓮くんと弦巻くんの……）

『サビ終わりのコード、前のと同じになってる。つかそれ、未来さんのクセだろ？』
『あー……。うん、理解した』
『無自覚か？　ったく、気をつけろよ』

チリッ、チリッ……。
ああ、まただ。例の感覚がやってくる。
周囲の音が消える代わりに、自分の鼓動の音がやけに響いて聞こえた。

「言ってくれてありがとう。クセって、なかなか自分じゃ気づけないから」
「どういたしまして。オレも奏音に、あ、ベースのやつね、あいつに言われて気づいたんだけどさ。なんか未来のクセがうつっちゃったみたいで」
「えー、私のせいなの？　蓮くんと私、やっぱり感覚が似てるんだよ」

音が戻ったと思ったら、聞こえてきた会話にドクンと鼓動がはねた。
（未来さんは感覚が似てるって言ったけど……）
それ以上に、二人は同じ方向を見てるんだと思う。

いまも付き合ってたなら？
もう一度やり直したなら？
どうなってたんだろうな、なんて他人事のように考えてしまうのを止められない。

「あなたたち、いいコンビね。そういえば芽衣子先生から聞いたんだけど、加賀美くんは進学しない予定なんですって？」

微笑ましそうに見ていた巡音さんが、ふと何か思いついたように言った。

蓮くんは不思議そうにしながらも、迷うことなくうなずく。

「はい。上京して、音楽一本でやっていきたいなって思ってます」

「えっ、そうなの？」

（未来さんも初耳だったんだ）

根拠なんてないけど、もう伝えてるんだとばかり思ってたから意外だった。

わたしが考えてる以上に、蓮くんは未来さんと距離を取ってたみたいだ。

「ちょうどよかった」

「……瑠花？」

未来さんがいぶかしげに巡音さんを見る。

対する巡音さんは、なんだかとっても楽しそう。

「どうかしら加賀美くん、いっそ未来とアメリカに来たら？」

アメリカ――。

たしかに巡音さんはそう言った。

蓮くんにも、同じように聞こえたらしい。

ぽかんとしたまま「アメリカ？」って、おうむ返しにつぶやいた。

「瑠花っ！　その話はまだオフレコでしょ？」

「明日の正午には発表になるし、二人のことは信頼してるんでしょう」

また、音が遠くなる。

鼓動はさっきよりもずっと速くて、痛いくらいだ。

（未来さん、本当にアメリカに行くんだ……）

実のところ、ウワサだけなら以前からあった。

海外のフェスでも大人気だったし、未来さん本人もインタビューで意欲的なコメントをしていたから、ファンなら薄々気づいてたと思う。

「未来すごいな、海外かぁ……。にしても巡音さん、冗談冴えてますねー！」

蓮くんは、フリーズした時間を解凍するように大きな声で笑ってる。

場をとりなすように、ごく自然に。

でもかすかに声はふるえて、うわずっていた。

「あら、冗談なんかじゃないわよ。あなたがうたってる音や、動画はチェックしてる。話題の高校生バンドのボーカル、加賀美蓮くん？」

巡音さんは、蓮くんを試すように見つめて言った。

対する蓮くんは目を見開いて、それから噛みしめるように笑う。

「そんな風に言ってもらえて……うれしいです」

『蓮くんと私、やっぱり感覚が似てるんだよ』

『どうかしら加賀美くん、いっそ未来とアメリカに来たら？』

未来さんと巡音さんの言葉が、頭の中で延々ループする。
言うまでもなく、これは蓮くんにとって大きなチャンスで。

こんなとき、わたしにできることは――――。
わたし、なんて言えば――――……。

「と、とにかく！　時間もないですし、新曲のアレンジを着地させましょう」
「そうだね……。鈴ちゃん、キーボードはどうしたい？」
突然ボールが回ってきて、わたしはとっさに表情をつくれなかった。
蓮くんと未来さんが、心配そうにこっちを見ている。

「……あの、そのまえに、お茶でも淹れませんか？」
備え付けの電気ケトルが視界の端に映っただけの、ただの思い付きだった。
でも蓮くんと未来さんは、息もぴったりにポンッと手を叩いた。

「おお、さっすが鈴！　なんか足りないと思ったら、それだよそれ」
「そうだね、ちょっと休憩しよっか。マカロン、クッキー、ギモーブ、どれがいい？」
「え、なんでそんなに常備してんの？　未来、いくら太りにくい体質だからってさー」
「蓮くんこそ、ちょーっと自分が天然モデル体型だからってさ！　ねえ、鈴ちゃん？」
「……ほんとですよ。女子の敵ですよねっ」

未来さんに加勢すると、蓮くんがわざとらしく泣きマネとかはじめて。
巡音さんがお茶の準備をしながら、しみじみと「もしかして芸人のほうがいいのかしら。事務所紹介するわよ」なんて言い出して。
部屋中、にぎやかでなごやかな空気に包まれた。

（わたし、ちゃんと笑えてるかな？）
窓際には大きなドレッサーがあったけど、最後まで怖くてたしかめられなかった。

✧ intenlude -インタールード- ✧

蓮くんと鈴ちゃんが帰った部屋は、広くて静かで。
ひさしぶりに「さみしい」って感覚がよみがえってきた。
窓から外を眺めるけど、暗くて二人の姿は見えない。
なんともいえない表情を浮かべた自分の顔が反射するだけだ。

「瑠花、どうして渡米のこと言ったの？」
「あのこたちには、直接言いたいだろうと思ったからよ」
「……ニュースで知られるよりは、そうかもね」
「私からもいいかしら。入院したお父様を見舞うために、こっちへ戻って来たのはわかるわ。でも、どうしてわざわざ母校でライブを？　それも新曲まで用意して」

いまさら、その質問？
スケジュール調整に奔走してくれている間も何も言わなかったのに、どうして？
それが正直な想いだった。
真意をはかりかねて瑠花を見つめるけど、相手からも探るような視線が返ってくる。
「そうしなきゃいけない気がしたの」
こんなあいまいな答えしか言えないのは、別に何があるというわけじゃない。
私自身、本当のところなんてわかってないだけ。
瑠花もそれは予想済みだったのか、小さな苦笑が返ってきた。
「ところで瑠花――――蓮くんのこと、本気？」
言うつもりはなかったのに、ぽろっと口からこぼれた。
自分でも驚いて、やっちゃったと頭を抱えそうになる。
「本気よ」

瑠花の声は、何かの判決のようにズシンと重たく響いた。
「正確には『蓮くんの才能に』本気よ」
私はなぜか重苦しい気持ちになって、押し殺すようにため息をもらした。
たぶん私は――あの頃の自分と同じ選択を迫られる蓮くんを、そばで見ているのが苦しいのだ。

それからはもう、いつも通りだった。
明日のスケジュールの再確認をして、瑠花が隣の部屋に帰っていく。
湯船に浸かって、筋トレとストレッチをして、そのままベッドに横になる。
普段と違うのは、すぐにまぶたが落ちてきたこと。
そして、ずいぶんひさしぶりに夢を見た。

（あ、これは夢だ……）

そうと気づけたのは、蓮くんと自分がいたから。

三年前の夏祭りでの光景が、映画のように流れている。

うぬぼれているみたいだけど。

蓮くんは、私を慕ってくれていたんだと思う。

当時の彼は外見も仔犬みたいだったから、中学の友だちとすれ違うたびに「お散歩ですか」なんて言ってからかわれていたのを覚えてる。

それくらい、いつもまっすぐに私へと駆けてきてくれた。

私も弟ができたみたいでうれしかったし、何より心強かった。

あの頃の私を支えてくれたのは、間違いなく蓮くんの笑顔だった。

私の家は、もの心つく頃には「家庭内離婚」っていうような状況で……。
そんな両親にとって、私がスカウトされたことがトリガーになった。
瑠花が大手音楽事務所の人だと知ってから、急に親権争いがはじまったのだ。

デビューに向けて、曲を作りためなきゃいけない大事な時期。
家には避難場所さえなくなって、私は日が暮れるまで外にいるようになった。

引っ越してきてもうすぐ一ヶ月ってときに、お気に入りの場所ができた。
住宅街と公園を結ぶ、小さな歩道橋。
夕方になれば人通りもほとんどなくなるから、歌をうたうのにちょうどよくて。
軽音部の練習が終わったあとは、真っ先にそこに向かうようになっていた。

（そこで蓮くんに出会ったんだよね）
最初は、ただ横を通り過ぎただけだった。
歩道橋には先に蓮くんがいて、私は少し残念に思いながら公園に抜けようとした。
すれ違いざま、何気なく視線を送ると、蓮くんは目が真っ赤で。

彼も泣きに来てるんだって気がついた。

『行ってみようかな、文化祭……』

『文化祭なら、逢坂学園はどう？』

はじめて話しかけたときのことは、昨日のことみたいに覚えてる。

実は声をかける前から「加賀美蓮くん」だって確信していた。

「歩道橋の彼」がずっと心の中でひっかかっていて、海斗先輩にぽろっとこぼしたら、いろんな情報の断片から、蓮くんじゃないかって話になって。

『まず未来にメールして、それから蓮にも送ってみるよ。それに反応したら本人だ』

そして海斗先輩の言う通り、私は蓮くんと出会った。

あとはもう、あっという間で。

文化祭のライブに来てくれて、友だちになれて。

冬が過ぎて、春がきて――――。

夏が来る前に、私は音楽の道を歩いていくことを決めた。
蓮くんにも告げず、たった一人で。

瑠花に見いだされた途端、音楽以外のことが意識から抜けていった。
まだ不安定な「弟」を突き放すとわかっていても、そばにはいられなかった。
いつ言おうか迷ってるうちに、最後の最後まで黙ってた。

もっと上手く、傷つけない方法は、いくらでもあったと思う。
結局私は、自分が一番かわいかったんだ。
音楽に没頭することで、救われたがってた。

しばらくして、蓮くんからPCのアドレス宛てに一通のメールが届いた。
添付ファイルのタイトルは『RE：泣キ虫カレシ』。

震える指でクリックすると、スピーカーからは返事が流れてきて……。

「ありがと」

その言葉を繰り返し聴いて、聴いて……。

私はもうふりかえらないって決めた。

翌朝、めずらしく瑠花の運転する車に音楽がかけられていた。

それも、私以外の曲が。

「……蓮くんのやつだよね。この前も聴いてなかった？」

信号待ちになったのを見て、運転席に声をかける。

「デモテープを聴いて会いたいと思ったのは、あなた以来よ」

後部座席からルームミラーに映る瑠花の表情は、いまにも鼻歌をうたいだしそうだった。

「直接会って、生の声を聴いて、確信したわ。加賀美蓮、あの子は化けるわよ」

「……瑠花の気持ちもわかる。でも……少し急ぎすぎてない？」
「そういうあなたは、十八でデビューしたわよね」

イヤミもなくさらりと言う瑠花は、さすがデキル女って感じ。
プロとしての覚悟とか、誇りとか、私に教えてくれたのも彼女だ。
マネージャーとして、そして敏腕プロデューサーとして。

瑠花の音楽を聴き分ける耳も嗅覚も信じてるし、私も蓮くんの歌にはドキドキする。
可能性がつまった、まぶしい音だ。

「でも……」
言葉の続きが見つからなくて、視線が下がる。

どうしてこんなに気が重いんだろう。
鈴ちゃんと一緒に笑う、蓮くんの笑顔が頭をよぎる――。

「答えを出すのは、あなたじゃなく、加賀美くんよ」
瑠花の言葉に、私は座席に深くしずみこんだ。

✨ ✨ ✨

わたしたちが新曲のアレンジを終え、未来さんのホテルの部屋を出る頃には、外はすっかり暗くなっていた。
（今日は半袖だと少し肌寒いな……）
南の空には、秋の大四辺形が見える。
夏休みに蓮くんと見上げた星空とは微妙に違う。
『どうかしら加賀美くん、いっそ未来とアメリカに来たら？』
わたしの耳には、ずっと巡音さんの言葉が焼き付いている。
（蓮くん、いま何考えてるんだろう）
さっきからずっと黙ったまま、付かず離れずの距離で横を歩いている。

時折視線を感じるから、会話のタイミングをはかってるんだろうなって思う。
（でも、もう……わたしは待てそうにないや）

「決めた！　わたし、地元に残って、お菓子の道を究める！」
居心地の悪い空気を吹き飛ばすように、意識して明るく言った。
「……え？　鈴、どうしたの急に」
「さっきのね、未来さんと蓮くんの話を聞いてて思ったの。わたしも、自分にできることを究めていきたいなって。だから……」
まだ肝心なことが残ってるのに、声が震えた。
ぎゅっと手をにぎりしめ、深呼吸する。
「だから、それぞれの道を行こう」
「……オレ、遠恋とかヤだ！　絶対ムリ、泣いちゃう！」
「やってみる前から言わないの」

笑って流そうとふざけてくる蓮くんに、ちゃんと伝えたくて。

わたしは蓮くんの目をじっと見つめた。

「だいたいさ、わたしたちまだ十七歳だよ？　これからいろんなことがあるだろうし、先のことなんてわからないじゃん。わたし、蓮くんには、音楽の夢をかなえてほしいんだ」

今ので蓮くんにも、わたしが本気で言ってるんだって伝わったらしい。

もうまぜっかえすことはできないと思ったのか、しばらく言葉を探していた。

「――――オレは、鈴を信じてる」

どういう意味か、すぐにはわからなかった。

いつのまにか足は止まっていて、星を背負う蓮くんをぼう然と見上げる。

「だから鈴も、オレを信じて」

わたしの何を信じてるの？

蓮くんの何を信じればいいの？

とうとう聞きだせないまま、その日も駅前で別れた。

背中に、蓮くんの視線を感じながら。

あの初音未来が、アメリカに行く――――。

オレと鈴が直接本人から聞いた翌日、正式発表を聞いた逢坂はすごい騒ぎだった。

いや、ウチだけじゃない。テレビでもネットでも騒がれてて、その流れで文化祭ライブの話題も取り上げられる形になっていた。

チケットはとっくにソールドアウトしてるのに、職員室の電話がジャンジャン鳴り響いてるらしい。そもそも招待券がないと学校の敷地にだって入れないようになってるから、物騒な書きこみも目に入ってくる。

（騒ぎになるってわかってただろうに、なんでこのタイミングで発表したんだ？）

答えはたぶん、巡音さんのあの言葉だ。

奏音と買い出しから戻ると、視聴覚室に鈴の姿がなくて。
不思議に思っているところに巡音さんから電話があった。

「は？　未来とデート中？」
「大丈夫よ、未来は変装してるから」
「や、そういう問題じゃ……。もう文化祭まで日がないのに、何やってるんですか」
「だからよ。文化祭のあと、長期の仕事が控えてるの。その前に故郷を自由に歩かせてあげたかったし、何よりお父様のことがね……」

未来の家が離婚係争中なのは、すでにワイドショーが報じていたから知っている。
いよいよ離婚が決まったのかと思ったら、斜め上の事実が投げこまれた。

「いま入院中で、もう余命いくばくもない状態なんですって」

「……い、おい……おい！　蓮、聞いてんのか？」

プールから上がったみたいに、いきなり音が戻ってきた。

ガタンッとイスを揺らして、オレは声の主を見る。

「……あ、奏音か……」

「なんだ、そのまぬけ面。寝不足でぼんやりしてましたって？」

「本番前日だしね。今回はゲストもいるし、多少緊張はしてるよ」

「なあ、ハッキリ言えよ。この状況、さすがにヤバイと思ってんだろ？」

プログラム曲は完璧だった。

メンバーとのリハーサルは今日までに充分重ねてきたし、納得もいってる。

（問題は、新曲なんだよな……）

結論から言えば、鈴は降りた。

一昨日、未来が泊まるホテルからの帰り道。

『それぞれの道を行こう』

そして昨日、新曲を演奏する直前。

『未来さんと蓮くんがうたってるのを、客席から観たい』

オレからすれば、一方的すぎる宣言だった。

いくら引き止めても、首を縦にふってくれなくて。

「打つ手なし、かなぁ」

「おまえ、それ本気で言ってるのか？」

「だってさー。可愛く見えても、鈴って意外と頑固よ？」

「アホか！」

「いってええええええ!?」

罵倒と共に、ゴンッと拳が頭上にふってきた。
これヤバくね？　目がチカチカする……。
「音崎の気持ちも考えてやれよ。ウワサ、俺のとこまで聞こえてきてるんだぞ」
涙目になりながら奏音をにらむと、もっと怖い顔がこっちを見ていた。

奏音が言うウワサ、その発生源はわかってる。
さんざん鈴をイジメてくれた、自称加賀美蓮の親衛隊さんたちだ。
未来と一緒にオレがライブするのを聞いて、勝手に物語ができちゃったらしい。
いわく、復縁したとかなんとか。

「音崎はさ、このまま身を引くつもりなんじゃないのか？　いいのかよ」
「……そんなんじゃないよ」
「って、本人が言ったのか？　どっちにしろ、迎えに行ってやれって」

奏音が心配してくれてるのはわかる。

もちろんオレだって、この状況をなんとも思ってないわけじゃない。
（だけど、オレは……）

「オレは鈴を信じてる」
「……いや、うん、そこは疑ってないって。けど、状況が状況だろ？　音崎にしても、一度言ったことを撤回しにくいと思う」
「それじゃダメなんだ」

きっぱりと言うオレに、奏音はけげんそうに眉をひそめる。
「あくまでも、音崎から来いって言いたいのか？」
「やさしい言葉をかけることは簡単だけど、それじゃ意味がないと思う。ここを乗り越えられなきゃ、オレたちはきっと……この先、またダメになる」

お互いに自分の夢と向きあっていくなら、遠からず離れることになる。
それが物理的な距離だけなのか、心も離れてしまうのか、ここが分岐点なんだ。

「あっそ。お節介焼いて損した」
コキッと首を鳴らして、親友はさっさと席を立ってしまう。
「……自分で言うなって話だけど、いまので納得できちゃうわけ？」
「ちゃんと先のことも考えてんなら、悪いようにはならないだろ」
「うーわー、そのドヤ顔がムカつくわー」
「言ってろ、バカ」

ひとしきり笑いあってから、奏音がベースの入ったケースを持ちあげる。
「んじゃ、行くわ」
「……さんきゅーな」
聞こえるか聞こえないかのボリュームで、遠ざかる背中につぶやいた。
ふりかえりはしなかったけど、手がひらひらとふられて。

オレはひとつ、深く息をついた。
（……ギターのチューニングでもしますかね）

ガラッ！

重い腰をあげた瞬間、狙ったようにドアが開け放たれた。
反射的にふりかえると、そこには焦った顔の未来が一人で立っていた。

「巡音さんは？　また一人でお忍び？」
「鈴ちゃん、新曲はうたわないってことになったの？」

さすが元逢坂生。未来は勝手知ったるなんとやらで、ためらいなく視聴覚室に入ってきた。
まっすぐにオレの前まで来て、鋭い視線で見上げられる。
「さっきそこで、弦巻くんに聞いた。……どうして？」
「……報告が遅れたのはゴメン。ただ、言い訳させてもらうと」
「当日まで鈴ちゃんを待ちたいって言うんでしょ？　それはいいの、私も同じだし」

オレの思考回路なんてお見通しで、未来に余計な言葉は必要なかった。
（その居心地の良さに、ずっと甘えてたんだよな……）

言葉にしなくても、態度で示さなくてもわかってもらえる。
理想の関係にも思えるけど、一歩間違えれば諸刃の剣になりかねない。

「鈴ちゃんと、何かあった……？」
「鈴なら大丈夫だよ」
「ほんとう……？」
「……それよりオレさ、未来に聞きたいこと、あるんだ」
声のトーンが変わったことに気がついたらしく、未来は目をまたたいた。
瞳には、戸惑ったような色が浮かんでいる。

巡音さんに未来の父親の話を聞いてから、ずっと考えてた。
どうするのが未来にとって一番いいのか、オレは何ができるのか。
三年前もいまも、オレには一切、家の事情を話さなかった未来。
彼女の選択の意味がわからないほど、もうこどもじゃない。
だから、無理に聞き出すつもりはない。
それでも、何か力になれるなら……。

「あのさ、未来……。大丈夫？　無理してない？」

「……どうしたの、急に」

イエスともノーとも答えない未来に、オレはやっぱりと内心ため息をつく。

気づいてしまえば、いろんなものが一気にクリアに見えてくる。

（未来はずっとこうやって、一人で無理してたんだ）

「もうあのときのオレじゃないから、だからちょっとは頼ってよ」

何も言わなかったけど。

オレの言葉に、未来の澄んだ瞳が揺れた。

目をそらさずじっと見つめ返すと、ますます波立つのがわかった。

泣くのをこらえているようにも見える。

「――――三年前だって、蓮くんは私の音楽を支えてくれてたよ」

たっぷりと、言葉を選ぶようにして、未来が言う。
それは予想もしなかった答えで、オレは冗談じゃなく息が止まった。
「私自身も、表では年上ぶって……。裏では、わからないようにもたれかかってた」
「……未来、それは違うよ」
「違わない」
きっぱりと言い切り、もうこの話はおしまいとばかりに未来は笑った。
そして、深呼吸するみたいに息を吸い込んだ。
「蓮くん、もし……もしもね、瑠花がアメリカに連れていきたいって、正式に申し込んできたら……どう思う？」
未来はまっすぐに俺を見つめて言った。
「すっごくうれしい」
未来は真意を探るかのように、じっとオレを見ている。

その瞳は、少し揺れていた。

いつもぶれない未来。

強い未来。

そんな未来が今はなぜか、少しあどけなく見える。

「すっごくうれしい、けど……今は行けない」

「どうして？」

「鈴と離れたくないんだ。オレの音楽を支えてくれているのは、鈴だから」

未来が小さく息をのむ音が聞こえた。

澄んだ瞳はオレの中に何かを見つけたのか、やがてそっと視線が外れた。

「すごいな……。本当にすごい。蓮くんも鈴ちゃんも、まぶしすぎる」

一瞬、未来が泣いてるのかと思った。

だけど再び顔をあげたとき、未来は太陽みたいな笑みを浮かべていた。

「いまは少しすれ違ってて、以前のオレなら、みっともなくあたふたしてたと思う。でも、信じてるから。あいつはきっとオレの気持ちをわかってくれるって、そう信じてる」

「私も、ふたりを信じてる」

深い意味はなかったと思う。

未来も自覚していないくらい。

けど、たしかに彼女の指は、長い髪をくるくると巻きつけていて。

（……そういうクセも変わってないんだな……）

未来は、泣き虫のオレの横で、自分の弱音は吐かず、いつも笑顔だった。

それでも不安なときとか、元気がないときは、少しだけサインが出る。

オレはいろんな想いごと、いまは見下ろせるようになった未来を抱き寄せた。

「……蓮くん？」

すぐ近くで、未来の声が聞こえる。

「オレさ、未来には甘えてばっかで、支えてもらってばっかで……。だから未来のことがスキだっていうのも、憧れとかそういうのだったのかなって思ったんだ」

「……うん」

「でもやっぱ、あれがオレの初恋だったと思う」

「……うん」

「これからは泣き虫カレシとしてじゃなく、大事な友だちとして応援してる」

未来は何度か深呼吸して。

笑顔で、こう言った。

「ありがと」

（……蓮くんのこと……困らせてるかな……）

蓮くんの説得を最後まで受け入れず、視聴覚室を出たのが一時間前。

その間に家庭科部へ顔を出したけど、塩と砂糖を間違えて追い出されてしまった。

とぼとぼと渡り廊下を歩きながら、このあとのことを考える。

クラスの展示はとっくに準備が調っていて、あとはもう当日を迎えるだけ。

部活も、少なくともいまはできることがない状態だ。

蓮くんを困らせたくない。

でも、未来さんと蓮くんのステージは、客席で聴いていたい――。

この気持ちを、わかってほしかった。

いつでも、いつまでも、蓮くんの横にぴったりくっついていてはいけない。

蓮くんを本当に想うなら、蓮くんの夢を一番に考えていたい。

そのための準備を、ちゃんとしておきたかった。
二人の音楽を客席から聴くっていうのは、そういうわたしの「覚悟」だった。
ただ、こういう状況になって痛感する。
（わたし、自分で思ってるより音楽が好きだったんだなぁ）
もっといえば、蓮くんたちとのバンドが楽しくて仕方がない。
音楽教室で一人ピアノを弾いていたときより、いまのほうがずっとずっと心が弾んでる。

『これで終わりね泣かないの』

文化祭の準備で騒がしい空気を縫って、透き通った声が鼓膜を揺らした。
口笛みたいな、内緒話みたいな、それくらいの音量で。
なのに、たしかに、わたしまで届いた。

周囲を見渡すと、未来さんが中庭の隅にたたずんでいた。
花壇に隠れてるから、人目につかずに済んでるみたいだけど……。
（アメリカに行くって聞いてから、みんなの未来さん熱がヒートアップしてるんだよね）
そばに巡音さんの姿もないし、在校生に見つかったら明日のライブどころじゃない。

「未来さん、場所移りましょう」
できるだけ目立たないように駆け寄り、わたしは彼女の手を取った。
半ば無理やりひっぱるようにして、職員室に緊急避難する。

「……鈴ちゃん、少し話せるかな」
少し硬い表情を向けられてハッとする。
たぶん、というか間違いなく、新曲のことだ。

わたしがコクンとうなずくと、未来さんは先生たちに何か相談に行って。
五分もしないうちに、カーテンを閉め切った応接室へと案内されたのだった。

ソファーに深く沈まないよう、わたしは端っこに腰をおろした。
正面には未来さんが、同じように浅く腰かけている。

「明日のライブで、新曲をうたわないって本当？」
「……はい」
未来さんには直接言わなくちゃと思ってたけど、連絡手段がなくて。
蓮くんや芽衣子先生から伝わるだろうからなんて、そんな風にも思ってて。
言い訳ばかりが頭に浮かんで、たまらず視線を落とした。

「鈴ちゃんあのね、問い詰めたくて来たわけじゃないの。ただ……私の話を聞いてほしくて」
思いがけない言葉に、わたしはコクリとうなずいていた。

「前に鈴ちゃん、何で二人は別れちゃったのかって聞いてきたでしょ？」
「あっ……。すみませんでした」
ぶしつけな質問を謝るわたしを、未来さんが首を振って制する。
「私は昔、蓮くんを置いてきぼりにしちゃったの。それも、一方的に。なのに蓮くんは『ありがとう』って言って、見送ってくれた」

「ありがとう――……」

「当時はすごくうれしかったけど……でもね、再会して改めて思ったの。信じてるよって言われるほうが、ずっと幸せなんだなって」

一瞬(いっしゅん)、蓮くんの言葉とシンクロした。

蓮くんがわたしに伝えた言葉。

まだわたしの心で消化できていない言葉。

「デビューするために上京する……。あの頃(ころ)の私は、何かを捨てて、何かを得るとか、そんな風に考えちゃってたな。勇み足になってたっていうか」

「でも本当は、そうじゃない。信じるっていう勇気が、ただ持てなかっただけなの」

深い深い音だった。

いろんな感情がとけあって、わたしの鼓膜を揺さぶった。

心の中で、何かがとけ出していくのを感じる。
未来さんの言葉は、わたしに何か大切なことを伝えている――。
『オレは、鈴を信じてる。だから鈴も、オレを信じて』
あの時の蓮くんの言葉が、いまはじめて心にしみこんでいく。
床をにらみつけるようにして、こみあげてくる涙を必死にのみこむ。
だからいま、未来さんがどんな顔をしてるのかはわからない。
でも、聞こえてくる声はどこまでもおだやかだった。
まるで、本音だけを乗せたような。
「誰かを信じるって難しい。苦しいこともつらいことも、時には痛みさえ伴うものだから」
「でもね、私、さっき知ったの。今日も明日も、その先もずっと一緒に歩いていこうって決めて、貫き通すのって、素敵なことだなって。だからもし、次に私が恋をしたら……信じる勇気を持とうって」

「一期一会って言葉があるみたいに、出会いと別れは人生につきものじゃない？　だから、サヨナラばっかりがクローズアップされちゃうけど……。サヨナラから学ぶことも、あるんだよね」

気がつけば、わたしは顔をあげていて。

未来さんをじっと見つめていた。

未来さんもわたしを見つめ返してくれていて。

最後に、いつもの笑顔を浮かべた。

「ついさっきね、新曲のタイトルが決まったんだ」

静かな、だけど決意を感じさせる声に、わたしは自然と背筋がのびる。

未来さんが紡いだのは、とても素敵な「本音」だった。

「どうかな？　『ハジマリノサヨナラ』っていうの」

一階の応接室から、最上階の視聴覚室へ。
わたしはひたすらに駆け上がった。
まだ帰らないでって、メール一通、電話一本すればいいんだろうけど。
一分一秒でも速く、ありのままの気持ちを自分の声で伝えたかった。
勢いよくドアを開け放つと、まだ蓮くんが残ってくれていた。
わたしの姿を見て、太陽みたいに笑いかけてくれる。
「鈴なら来るって信じてた」

「……ごめん……蓮くん、ごめん」
肩で息をしているから、途切れ途切れになってしまう。
それでも蓮くんにはちゃんと伝わっていて。
光を多く含んだ瞳が、笑いかけてる。

一歩ずつ、蓮くんが近づいてくる。
わたしも一歩ずつ、前に進んだ。

すぐ目の前まで距離が縮まって……。
どちらからともなく手が伸びて、お互いを抱きしめた。

「さっきね、未来さんと約束してきたの」
「……うん」
「わたしにも新曲を一緒に歌わせてくださいって」
「……うん」

お互いの心臓の音を感じながら、わたしは決意を打ち明けていく。
蓮くんはますます腕の力を強くして、ふるえる声でうなずいてくれる。

「あの歌で、未来さんを送りだそう？」

サヨナラするためじゃない。
また会おうねって、約束するために。

初日はあいにくの天気になったけど、二日目の今日は快晴だった。

過去最多の来場者たちが、今年も中庭に設営されたステージをぐるりと取り囲む。

輪の外には、チケットを手に入れられなかったらしい保護者に、先生たちの姿もあった。

逃げ場のない熱気が、ジリジリとステージ裏まで届いてくる。

「予想はしてたけど、すごい人の数だね……」

そわそわと落ち着かなくて、何度もキーボードのセッティングをたしかめてしまう。

ひとつまえのダンス部が流す軽快な音楽も、ほとんど耳に入ってこない。

「あっれー？　なになに鈴ちゃん、もしかして緊張しちゃってる？」

「……まあ、それなりに」

「そっか、でも大丈夫！　っていうか、取り越し苦労？　あのお客さんたちは、逢坂学園の王子こと加賀美蓮を見に来てるんだからさっ☆」

「……蓮くん……いまさらそのキャラ、ムリがあるよ」

「わああああ!?　待って、話し合えばわかるから！　めちゃくちゃ冷静にツッコまれると、ホントいたたまれないから！　そのあわれむような視線も止めてええええええ」

「「うるさい、うざい」」

え？　いま、声がかぶった？

パッとふりかえると、そこには衣装に身を包んだ未来さんがいた。

うたう前なのに、オーラがハンパない。

せわしなく動いていたスタッフたちも、みんなピタッと手が止まっている。

わたしは迷うことなく走り寄り、勢いよくお辞儀した。

ありったけの感謝の気持ちをこめて。

「えっ、鈴ちゃん!?　やだ、頭をあげて」
「未来さん！　本当に、本当にありがとうございます」
言いながら、涙があふれてくる。
未来さんはそっと指でぬぐってくれて、とびきりの笑顔を弾けさせた。
「お礼を言うのは早いんじゃない？　みんなで最高のステージにしようね！」

ステージの上にいると、まるで海に漂っているみたいな気持ちになる。
でも、心細いのは最初だけ。
客席から波が押し寄せてきて、わたしたちを遠くまで運んでくれて。
その波をさらに大きなものにして、ステージから音を届ける。
（もっとずっと、みんなとこうしてたいな）
自然とそんな風に思って、わたしは小さくかぶりをふる。

終わりがあるから、限りがあるからいいんだよね。

今この瞬間に集中して、すべてを注ぐ。

その一瞬一瞬をつむいでいくことが、生きてくってことなのかもしれない。

あっという間にライブも後半戦。

一際大きな歓声と拍手に包まれ、未来さんがステージに上がってくる。

「ただいま」

未来さんの第一声に、練習でもしたように「おかえり」の声がそろう。

蓮くんもわたしも、マイクから外して思いっきり叫んだ。

いつもは淀みなくMCもこなす未来さんが、めずらしく言葉に詰まる。

（……未来さん、泣いてる……？）

ここには大型スクリーンなんてないから、客席には見えなかったと思う。

でも斜め後ろに立つわたしからは、未来さんの頬にこぼれた光る粒が見えた。

あったかそうで、どこまでも澄んだ涙だった。

「人生には出会いと別れがたくさんあって、立ち止まることはできないけど……。

でもサヨナラは終わりじゃない、はじまりなんです」

未来さんの言葉に、気がつけば会場はしんと静まり返っていた。

凪いだ海に、新曲の名前が告げられる。

「……今からうたうのは、新曲になります。

聞いてください、『ハジマリノサヨナラ』」

わたしは、今日という日を忘れない。

蓮くんも未来さんも、会場のみんなも、きっと同じだと思う。
『スキキライ』に続く『ハジマリノサヨナラ』っていう神曲がうまれた、この日を。

巡音さんが車で待っているのが見える。
そうじゃなくても、学校の周りにはマスコミが押し寄せていて。
わたしたちに残された時間は、もうほとんどないことはわかっていた。
（だけど、でも……まだ未来さんと離れたくないよ……）

「もう鈴ちゃんったら、ずーっと泣きっぱなしなんだから。そんなに泣いてると、体中の水分がなくなって干からびちゃうぞ？」
「み、未来さんこそ……」
私と未来さんは別れを惜しみ合って、ぎゅっとお互いを抱きしめていた。
蓮くんがうらやましそうな視線を寄こすけど、絶対まぜてあげないんだから！

「……未来さんは、わたしのあこがれです。アメリカに行っても、ずっとずっと応援してますから！　だから、ときどきは日本に帰ってきてくださいね？」

「鈴ちゃん……！　もう、もう！　可愛いこと言ってくれるんだから……！」

ライブ中にも負けないテンションの未来さんに、ひしっと抱きしめられた。

それにますます涙腺が刺激されて、視界がぼやけてくる。

と、巡音さんがクラクションを鳴らした。

もう本当に時間がないんだ。

「ねえ鈴ちゃん、私がMCで話したこと、覚えてる？」

「……はい」

『人生には出会いと別れがたくさんあって、立ち止まることはできないけど……。

でもサヨナラは終わりじゃない、はじまりなんです』

あの言葉を、わたしは信じてる。
わたしだけじゃない。
未来さんも、そして蓮くんも同じ気持ちだって、いまなら確信が持てる。

「また会えますよね」
「もちろん！　……蓮くんをよろしくね」

最後の一言は、わたしにだけ聞こえるようにささやかれて。
わたしは迷わずに、強くうなずいた。

encore -アンコール-

離陸の瞬間は、いつまで経っても慣れない。
不安と期待といろんなものがまざって、心が忙しいからだと思う。
「ひさしぶりの母校はどうだった？」
隣に座る瑠花が、ハンカチを手渡しながら言った。
それを受け取りながら、私は自分が泣いていることに気がつく。
「……いまさらこんなこと言うのは、図々しいかもしれないけど……」
続く言葉を口にするのは、少しためらわれた。
たぶん、この涙と同じなのだ。

自分では気づかなかったけど、私は……。
スキとも、つきあおうとも言葉にしたことがない、あいまいな関係だったけど。
蓮くんが「初恋だった」と伝えてくれて、ストンと答えが落ちてきた。
「私、失恋しちゃった」
（……あれ？　なんか、スッキリした……かも？）
口に出したら、なんてことはなくて。
むしろ、ずっと胸につかえていたものがとけだしたような感覚だ。
なんだ、そっか。私、大丈夫なんだ。
大好きな思い出たちを抱いて、大切な未来へと歩いていける。
「……ところで瑠花、まだ蓮くんのことあきらめてないの？」
彼女の手元のファイルに、とある企画書のひな形が見える。

あくまでも内部資料なのかラフなものだったけど、そこには加賀美蓮の名前が躍(おど)っていた。
(こうなった瑠花は、誰(だれ)にも止められないからなぁ……)
今度日本に帰国するときは、事務所の先輩後輩(せんぱいこうはい)になっているのかもしれない。
(それもちょっといいかも、なんてね)

「行ってきます」
みんなに、過去の自分に別れを告げ、私は新しいステージへと飛びたった。

「あれが未来さんの乗ってる飛行機かな」
放課後の視聴覚(しちょうかく)室で、わたしと蓮くんは並んで窓の外を眺(なが)めている。
文化祭が終わり、高三のわたしたちは受験ムード一色になった。
そんな中でも蓮くんは変わらず部活に精を出していて。
ただし、それは――――いまだけ許された、特別な時間。

「蓮くん、わたしね……願書出してきたよ」
飛行機が見えなくなってから、わたしは蓮くんに向き直った。
大事な決意を伝えるために。
「来年の春は、一緒に東京に行こう」
「鈴!?　それって――……」
「わたしはお菓子の道を究める。それで、蓮くんの横で、ずっと蓮くんの歌を聴いてたい」
蓮くんの見開いた瞳は揺れていて、それからふっと伏せられた。
心臓が痛いくらいに鳴る中、蓮くんの口元に笑みが浮かんで。
わたしは、わたしたちは、乗り越えられたんだとわかる。
「鈴なら来るって信じてた」
「……信じてくれて、ありがと」
夕陽に染まる部屋で、わたしたちの影が重なった。

ハニワ家の人々
まんが／ヤマコ
ろこる
ヤマコ
海賊王
Gom
shito
ちびさん

通称：ハニワ
「スキキライ」小説化ありがとうございます！キュンキュン楽しんでもらえましたか？
ここではHoneyWorksについて紹介するよ！

ハニワ結成前
ふぁ!?
初ボカロオリジナル曲のイラスト制作依頼!?
スカイプで連絡？
スカイプって何!?
ヤマコ
ズンズン
ズシャーッ!
YEAH!!
Gom
shito
あんなバンドマン達が作る曲って…
一体どんなロック曲なんだろう…

泣キ虫カレシ

!?

まさかのバラード来た

♪こーれーで終わーりいねー♪

思ってたのと違う……！

PVイラストの話し合いにて

この歌詞の場所は夕方の歩道橋でお互い背を向けて歩いていく感じ

あっじゃぁ画像で言うと右と左に別れていく…？

??

いや違う！左の上と下に別れて下はそのままで上だけ歩いていく感じで！

???

こっちの場所は駅で笑いながら泣いてて光がスサァァーってなってブファァーっとさせよう！

予想以上のこだわり……

そうして無事完成

あ…涙を拭うのは人差し指じゃなくて親指にしようで、アングルはもっと右からで…

??

次曲 スキキライ

!?

今度はかわいいの来た！

ミルクとパンダはあシーロークマでは

やっぱり思ってたのと違う……！

キリッ

やっぱりこの2人であの曲と歌詞を考えているとは思えない…

○。

だが今現在

ここでセリフ一
「好きなの」
「好きでたまらないの」
この子はここで「ふえぇ」って言わそう

ふむ…
その時の表情はこうで…

大人3人、10代少女の気持ちになりきって制作

新メンバーも加わったハニワ5人！
これからも楽しく活動していきます！

イラスト担当 ろこる

ギター担当 海賊王

ハニワ家アイドル トイプードルの吉田もいるよ！

これからもヨロシクね！

end

HoneyWorksメンバー♪

コメントコーナー

Comment

ゴム

スキキライ小説化！
ありがとうございます！
恋をする事は苦しいです
曲を書く事も苦しいです
でも好きなんです
よろぴくネ♡

☆ゴム

スキキライ小説化ありがとう
ございます。
少しでもキュンキュンしてもらえたら
嬉しいな♡

しと。

☆使徒

☆ヤマコ
スキキライ
小説化ありがとうございました!!
「キュンキュン」も「切ない」も
楽しんで頂けたら嬉しいです!
青春ってイイなあ…!
ヤマコ
☆海賊王
ありがとうございます
よろしくw!!
海賊王

☆ろこる

小説化おめでとうございます!!

スキキライのボカロオリジナルが投稿されたのは、私がまさかHoneyWorksのXメンバーになるだなんて夢にも思っていなかった中学3年生の冬の事…！
かわいいし、おもしろい！そんでもってイラストもすげえ!!と、友達とめちゃくちゃきゅんきゅんしながら聴いていたのを、今でも覚えています。
そんなハニワファンになるきっかけもあったスキキライが小説化すると聞いて、
すごくすごく楽しみにしていたのですが、
まさかイラストという形で自分も携わる事が出来るなんて…!!!!
本当に嬉しい気持ちでいっぱいです、ありがとうございます！
あらためて、小説化おめでとうございます!!!

ろこる

お祝いコメント

スキキライ♡
小説化
おめでとうございます。

スキキライ!!!
動画がアップされた時
めちゃくちゃヘビロテしたくらい
大好きなので小説化本当に
嬉しいです!! 本当に
おめでとうございました(^ω^)

モゲラッタ

☆モゲラッタさん

めでたい!!
のぜー!!

☆GEROさん

「スキキライ」の感想をお寄せください。
おたよりのあて先
〒102-8078　東京都千代田区富士見1-8-19
株式会社KADOKAWA　角川ビーンズ文庫編集部気付
「HoneyWorks」・「藤谷燈子」先生・「ヤマコ」先生
また、編集部へのご意見ご希望は、同じ住所で「ビーンズ文庫編集部」
までお寄せください。

スキキライ

原案／HoneyWorks　著／藤谷燈子（ふじたにとうこ）

角川ビーンズ文庫　BB501-1　18184

平成25年10月1日　初版発行
平成28年11月25日　22版発行

発行者――三坂泰二
発　行――株式会社KADOKAWA
東京都千代田区富士見2-13-3
電話(03)3238-8521(カスタマーサポート)
〒102-8177
http://www.kadokawa.co.jp/
印刷所――旭印刷　製本所――BBC
装幀者――micro fish

本書の無断複製(コピー、スキャン、デジタル化等)並びに無断複製物の譲渡及び配信は、著作権法上での例外を除き禁じられています。また、本書を代行業者などの第三者に依頼して複製する行為は、たとえ個人や家庭内での利用であっても一切認められておりません。
落丁・乱丁本は、送料小社負担にて、お取り替えいたします。KADOKAWA読者係までご連絡ください。(古書店で購入したものについては、お取り替えできません)
電話 049-259-1100 (9:00～17:00/土日、祝日、年末年始を除く)
〒354-0041　埼玉県入間郡三芳町藤久保550-1

ISBN978-4-04-101029-7 C0193 定価はカバーに明記してあります。

©HoneyWorks 2013 Printed in Japan
© Crypton Future Media, INC. www.piapro.net piapro

JASRAC　出1310698-622

春日坂高校
漫画研究部
あずまの章
イラスト/ヤマコ
「小説家になろう」
出身の話題作!
新感覚!
胸キュン
ドタバタ青春ラブコメ!!
〈発売中!〉①第1号 弱小文化部に幸あれ! ②第2号 夏は短しハジケヨ乙女!

●角川ビーンズ文庫●

青春胸キュン系ボカロ楽曲の名手、
HoneyWorksの代表曲、続々小説化!!

原案:HoneyWorks　著:藤谷燈子　イラスト:ヤマコ

絶賛発売中!

第1弾
『告白予行練習』

第2弾
『告白予行練習 ヤキモチの答え』

第3弾
『告白予行練習 初恋の絵本』

第4弾 2015年発売予定!

●角川ビーンズ文庫●

第16回

角川ビーンズ小説大賞 原稿募集中!

Web投稿受付はじめました!

ここが「作家」の第一歩!

賞金	大賞100万円 優秀賞30万 奨励賞20万　読者賞10万
締切	郵送▸2017年3月31日(当日消印有効) WEB▸2017年3月31日(23:59まで)
発表	2017年9月発表(予定)
審査員	ビーンズ文庫編集部

応募の詳細はビーンズ文庫公式HPで随時お知らせします。

http://www.kadokawa.co.jp/beans/

イラスト/宮城とおこ